光文社文庫

文庫書下ろし

凡人田中圭史の大災難

江上　剛

光　文　社

この作品は光文社文庫のために書下ろされました。

目次

凡人田中圭史の大災難

第一章　突然のリストラ

1

「老けたなぁ」

田中圭史《たなかけいし》は、鏡の中の自分の顔を見つめて、感慨深く呟《つぶや》いた。

鏡の中に、還暦を過ぎた64歳の男がいる。

毎日、鏡で顔を見ているのだが、いつも同じではない。今日は、特にくたびれた印象が強い。昨夜、寝つきが悪くて焼酎の水割りを数杯、飲んでしまったせいだろうか。

顔を鏡に近づけ、髪の毛を少しかきあげてみる。額との境目、生え際辺りが薄くなっている。地肌が透けている。

頭頂部にかけての髪の毛は残っているから、禿《は》げる心配はないだろうが、部分的であっても薄くなってしまうと、余計に老けた印象になってしまう。

目を見開いてみる。瞼《まぶた》の左右が垂れている。目じりが目を塞《ふさ》ぐように下がっているのだ。

寝起きだから余計に眠たげだ。

昔は、もっとぱっちりと目が開いていた気がするのだが……。これを眼瞼《がんけん》下垂というのだろう。

妻のミドリの友人が美容整形で眼瞼下垂の手術をしたらしい。

目が大きくなってね、視界が広がるんだって。目がぱちりと開くと、若返るのよね。私もやろうかしら。

ミドリが嬉々として楽しそうに話していたのを思い出した。

でも、今更、視界を広くしても何になるのだと思い直す。

圭史は、見なくてはいけないものを見ないようにし、できるだけ怒りや興奮を抑えてきた。人生を無事に歩む知恵だ。

名字の田中は、佐藤や鈴木などに続いて全国で4番目程度に多い名字らしい。それにふさわしく平凡に生きてきた。

それを還暦を過ぎ、人生の終わりが見え始めてから視界が広がれば、見たくもない物が見えて腹が立ち、まさかの坂を転がり落ちるかもしれないではないか。

高齢になり、人生の最後を穏やかに迎えるために瞼が垂れてきているのかもしれない。

おや？

圭史は、さらに鏡に顔を近づけた。何か異変を見つけたのだ。

眉のところに異常に長く伸びた毛が一本ある。白毛だ。5センチはある。

中国では、長く伸びた白毛を福毛と言ってそのままにするそうだ。しかし、ここは日本だ。

圭史は、毛先を摘まんで、エイッと引っ張った。ちくりと痛みを感じた。

掌《てのひら》に載せてみる。5センチどころではない。もっと長い。

歳を取ると、こうした毛が見つかる。この間は、驚いたことに胸に長い毛が生えているのを見つけた。胸毛なんか若い頃にはなかったのに、なぜ歳を取ってから生えてくるのだ。

それも1本だけ。

なぜなんだろう？

男性ホルモン異常だと聞いたことがあるが、老年になり死を意識し始めた毛母細胞が、最後の存在をアピール、すなわち悪あがきってやつをしているのかもしれない。

そう思うと、妙に愛おしくもなるが、圭史は、白毛を、ティッシュに包んでダスト・ボックスに捨てた。

「いつまで洗面所にいるの？」

ミドリの声がする。

「分かった、今、行く」

圭史は、洗面所からリビングに行った。

「あなた、コンビニで牛乳、買ってきてよ」

ミドリがキッチンから姿を見せた。手には、トーストを載せた皿を持っている。

「牛乳がないのか」

圭史が表情を曇らせた。

「昨日、スーパーに行ったのに買い忘れたのよ」

「牛乳は切らすなって言っているだろう」

「たまたま忘れただけ」ミドリは唇《くちびる》を突き出し、腹を立てた顔つきで「あなたの牛乳好きはちょっと異常よ」

「異常はないだろう。分かったよ。買ってくる。次は忘れるな」

朝からもめ事を起こしたくない。

「はいはい。忘れません。私もボケてますからね」

ミドリが、嫌味たっぷりに返事をした。

確かに言われてみれば、圭史は牛乳に執着し過ぎのところがある。冷蔵庫にパック入りの牛乳が見当たらないと、不安になるのだ。牛乳信者である。

理由を考えてみる。世代論にまで広げるのは大げさであるが、圭史たちの年代には牛乳好きが多いのではないだろうか。勿論、アレルギー体質の人は別である。

学校給食に由来しているに違いない。

圭史は兵庫県の山間の村で育った。ミドリに言わせると「ド田舎」である。

村の小学校では、圭史が4年生のころまでは脱脂粉乳のミルクだった。文字通り牛乳から脂肪分を抜いたものでそれに水分を加えたもののようだ。これはアメリカの支援物資で、アメリカじゃ豚の餌なんだと訳知り顔で話す同級生がいた。だから不味《まず》いと言う者もいたが、圭史はそんなに不味いと思わなかった。

それが瓶入りの牛乳に変わった。それはさすがに美味《うま》かった。ごくごくと喉を鳴らして飲んだ。先生が、牛乳は完全食だからね、それを摂取するだけで丈夫で、背が高くなるからと説明してくれた。あれ以来、牛乳信者になった気がする。

圭史は、メガバンクであるみずなみ銀行に勤めていたのだが、牛乳に助けられた記憶がある。

新入行員として大阪の梅田支店に配属になった。駅前のターミナルの来店客が多い、忙し過ぎる支店だった。毎日、残業が続き、独身寮に帰るのは深夜に近かった。

夏の暑い日などは、疲労で体はボロ雑巾のようになった。寮の食堂は、午後8時には閉められている。支店で夕食が出るわけではない。腹を空《す》かせて、寮に帰り、冷蔵庫に保管してあった牛乳をひとパック飲み干し、それで腹を満たしてベッドに寝転がり、文字通り泥のように眠ったものだった。

牛乳のお陰で、病気にもならずに済んだと信じている。牛乳は、完全食であると言った先生の話は本当なのだ。

「コンビニに行って来る」

圭史は外に出た。コンビニは、自宅から2、3分歩いたところにある。

早くも梅雨入りをしたのか、空は今にも雨が落ちてきそうにどんよりと重く、灰色の雲が垂れ込めている。憂鬱《ゆううつ》な気分にさせる空だ。こういう重苦しい雰囲気の日は、なぜかイライラすることがある。気をつけなくてはいけない。先ほど、ミドリと牛乳を巡って言い争いにならなかったのは賢明だった。

コンビニの入口に立った。

早朝の6時半にもかかわらず2人の客がいる。

一人は、太った中年女性だ。菓子売り場で、品物を選んでいる。

もう一人は、作業服の男性だ。50代くらいに見えるが、案外、若いのかもしれない。胸板が厚く、がっしりとしている。弁当を選んでいる。

「イラッシャイマセ」

レジ係の外国人の女性は、男性客の精算業務をしながら私に振り向き、たどたどしい日本語で声をかけた。

圭史は、慣れた足取りで牛乳売り場に行き、牛乳をひとパック手に取り、レジに向かって歩く。もうすぐレジだと思った時、突然、脇から中年女性が登場してきた。

「あっ」

圭史は小さな声を上げた。

その声を聞きつけたのか、中年女性が圭史に振り向いた。謝るのかと思っていたら、頭を下げることもなく、あろうことか細い目で圭史を睨《にら》んだ。

――割り込みやがって。

圭史は、喉元まで声が出そうになったが、ぐっと我慢した。

中年女性は、レジカウンターにシュークリームを1個置いた。

「150円デス。コノママデイイデスカ。フクロハイリマスカ」

たどたどしい日本語で尋ねる。

「レジ袋頂戴」

「ハイ、3円イタダキマス。ヨロシイデスカ」

レジ係の女性は、一番、小さなレジ袋を取り出し、それにシュークリームを入れた。

「待ってよ。そんな小さな袋じゃなくて、一番、大きいのにしてくんない。ゴミ袋に使うんだから」

中年女性が不満そうに言った。背後からなので圭史には表情が見えないが、顔を思いきり顰《しか》めているのだろう。

困惑した顔で、レジ係の女性が大きめの袋を取り出した。

「もっと大きなのがあるでしょう」

「アリマスガ、4円ニナリマス」

「えっ、4円？　3円じゃないの」

「イチバンオオキナフクロハ4エンデス。イイデスカ」

レジ係の女性は、大きめのレジ袋を持ったまま、中年女性を見つめている。中年女性が答えを出さないからだ。

圭史は、牛乳パックを抱えたまま立っている。冷やされていた牛乳パックの外側が、室温で温められ、水滴で覆《おお》われてきた。手が濡れる。

――いい加減にしろよ。シュークリーム1個くらいレジ袋無しでいいだろう。

「3円にしなさいよ」

まだ中年女性は引き下がらない。

「ネダン、キマッテイマス」

レジ係の女性が言った。

「だいたいレジ袋廃止ってナンセンスよね。こんなものを廃止したからって環境問題にどれだけ影響があるっていうのよ。政治家のパフォーマンスよね」

中年女性は、ついに政治批判を始めた。

レジ係の女性の顔に、困惑の色が濃くなっていく。

「いい加減にしてくれませんか。後ろがつかえているんです」

圭史はついに声を上げた。

中年女性が振り返った。険しい表情だ。そして謝りもせずに、再び、レジ係の女性に向き直ると、「もう、それでいいわ」と言い、シュークリームを入れた大きめのレジ袋を受け取ると、交通系のICカードで支払いを済ませた。

「あっ、そうだ」

レジから離れそうになりながら中年女性が急に体を反転させた。

「あなた、ポイントカードのことを聞かなかったわね。損したじゃない」

中年女性は、ポイントカードを見せて、レジ係の女性に抗議した。

「スミマセン」

レジ係の女性が謝っている。

「ポイント、つけてよ」

「レジ、オワッタノデ、デキマセン」

レジ係の女性は恐縮している。中年女性の勢いに圧《お》されて、今にも泣きそうだ。

「おかしいでしょう。いつもなら最初にポイントカードはありますかって聞くんでしょう。

それをしなかったあなたのミスですよ。ポイント、つけなさいよ」

「スミマセン、デキマセン」

「なに、言ってんのよ。できないのをできるようにするのがサービス業でしょう！」

中年女性の声が大きくなった。

圭史は、完全にキレた。圭史は、自分では穏やかな性格だと思っている。できれば何事も穏便に済ませたい方だ。その方が楽に生きることが出来る。

しかし、時折、許せなくなることがある。たいしたことではない。例えば列の割り込み、空き缶の放置などだ。そんな現場を見てしまうと、つい、注意してしまう。

大きなトラブルになったことはない。たいてい相手はバツが悪そうな顔をして、すごすごと引き下がるからだ。それは運が良かっただけのことで小さな注意の言葉から、大きなトラブルに発展することが世の中にはままある。

見て見ぬ振りをして、少し我慢してやり過ごせばいいのだが、特に歳を取るにしたがって我慢が出来なくなっている。

「いい加減にしろ……」と、まさに口に出しそうになった、その時、圭史の背後の頭の上から「おばはん、いい加減にしろや」と怒鳴る声が響いた。

振り返ると、作業服姿の男が、弁当を持って立っていた。

「おばはんとはなによ」

中年女性が作業服男に反論した。

「こっちは急いでいるんだ。早くレジからどけよ。ポイントなんか、どうでもいいだろう」

作業服男は弁当を振り上げた。

「どうでもよくはないわ」

「早く、どけ」

圭史の頭越しに言い争いを始めた。

「このレジ係が、さっさとポイントをつければいいのよ」

「できないって言っているだろう」

圭史は、牛乳パックを持ったまま、そっと列を離れた。二人の言い争いを聞いているうちに急速に怒りが冷め、この場から姿を消すのが良い選択だと思った。このままここにいると、とんでもないことになりそうな不吉な予感がしたのだ。

「テンチョウ、ヨンデキマス」と言い残し、レジ係の女性が姿を消した。自分の手には負えないと判断したのだろう。

圭史は、牛乳パックを元の場所に戻し、コンビニを出た。

コンビニを出る寸前、振り向くと、作業服男が大声で言いつのりながら立ちふさがる中年女性を押しのけ、レジに向かおうとしているのが見えた。中年女性は、果敢に作業服男に立ち向かっている。

——警察沙汰になるかもしれないな。

圭史は、余計な関わり合いになることから逃げるように家に急いだ。

もしあの時、中年女性に対する文句を口にしていたら、今頃はトラブルの真っ最中だった。作業服男のお陰で、そんな事態を避けられたのは運が良かった。

もし圭史がトラブルの中心人物になっていたとしたら……。

自宅の前まで戻って来た。冷静さを取り戻すと、なぜか再び怒りが込み上げてきた。

あの中年女性のせいで牛乳を買うという目的を果たすことが出来なかったからだ。

コンビニに引き返すべきなのか。いや、止《や》めておこう。まだトラブルが続いているかもしれない。せっかく危機を脱したのに、元の木阿弥《もくあみ》になってしまう。

それにしても情けない。ふがいない。圭史は自分を責めた。

どうして毅然として中年女性に注意しつつ、牛乳をレジに差し出すことができなかったのか。

圭史のように高齢者と言われる者は、社会から保護される立場ではなく、自分より若い人に人生のルールを教え、善導する責任があるのではないか。それならば中年女性に注意をし、弱い立場のレジ係の女性を守る行動をとるべきだった。

——問題から逃げてはいけない。

圭史は、深刻な表情で玄関のドアを開けた。

リビングではミドリがコーヒーを飲んでいた。

「何をしてたのよ。遅かったじゃない」

すでにトーストなどの朝食を食べ終えたようだ。テーブルには圭史のトーストなどが置かれている。

「あら、牛乳買わなかったの？」

ミドリが怪訝《けげん》な顔をする。

「ああ」

圭史は仏頂面《ぶっちょうづら》で返事する。

「どうしたの？　なかったの？」

「あったよ」

「じゃあなぜ買わなかったの？　あんなに牛乳、牛乳と騒いでいたのに」

「騒いでいない！」

声を荒らげる。

「怒ることないじゃないの。なぜ買わなかったのかと聞いているだけ」

「もういらん！　会社に行く」

「何を怒っているの。変な人ね。コーヒーだけでも飲んで行ったら」

「いらん！」

圭史は、強く言った。

「年寄りは、訳もなく怒り出すから、嫌ねぇ」

ミドリは、落ち着いた様子でコーヒーを口に運んだ。

圭史が出勤する態度を見せると、ミドリが、「あなた、今日、スーパーに行くから牛乳、買っておくから」と言った。

「ああ、頼むぞ。忘れないように」

圭史は、威厳を保つように胸を反《そ》らした。

2

圭史は、1957年生まれで現在64歳。私立慶早大学経済学部を1979年に卒業し、その年の4月に大手都市銀行の四和《よつわ》銀行に入行した。その後、四和銀行は、財閥系の五菱《いつびし》銀行と合併し、みずなみ銀行となった。いわゆるメガバンクである。

圭史は、幾つかの支店や本部を経験し2012年、高田馬場支店長を最後に銀行を離れた。55歳だった。

その後、系列のみずなみ不動産に転籍した。転籍とはノー・リターン扱いで、もはや銀行には戻れない。銀行員としての実質的な定年である。

みずなみ不動産では60歳までは営業部長として勤務した。その後、第二の定年とでも言うべき、再雇用となり、営業担当部長として勤務している。

営業部長と営業担当部長は、よく似た名前であるが、職務内容は全く違う。

営業部長時代は、部下が数十人もいて、幾つかの課を取りまとめていた。

しかし営業担当部長には部下はいない。一人親方であり、一介の営業マンと変わりない。

そのポストも来年65歳になれば退任することになる。第三の定年であるが、こうなると選択肢は2つ。

再就職するか、もしくは悠々自適の老後生活か、である。

最近は、終活流行《ばや》りであるが、圭史は特に準備はしていない。というより何も考えていないと言った方がいい。とりあえず再就職できたらいいと、ぼんやり考えている程度だ。

人生100年時代と言われる今日、65歳から何も仕事をしないで社会との関わりを無くしてしまうことは、想像できない。

家族は、妻のミドリ、61歳。圭史とは、大阪の四和銀行梅田支店で出会った。

小柄でふっくらとした顔立ちの気立てのいい女性である。

当時の銀行は、やたらと行事が多かった。忘年会や歓迎会ばかりではない。大阪地区の支店を挙げての運動会、ソフトボール大会、野球大会、卓球大会、バレーボール大会などなど。これらは銀行主催のものもあれば従業員組合主催のものもあり、年がら年中、集まって騒いでいたのだ。

今では考えられない。そんな状況だから当然、男女の結びつきも多くなる。

夏の水泳大会が終わった後の花火大会で、二人並んで夜空に大輪を咲かせる花火を眺めていた。

――出世しないけど……一緒に暮らさないか。いいかな。

――そこが圭史さんのいいところよ。よろしくお願いします。

今、思い出しても圭史の胸がときめくシーンだ。圭史27歳、ミドリ24歳の夏である。

1984年に結婚し、翌年には長男圭太郎《けいたろう》が生まれ、その3年後に長女華子《はなこ》が生まれた。

二人とも無事に成長し、圭太郎は大手商社に勤務し、社内結婚した女性との間に、7歳と3歳の二人の男子がいる。都内のマンションに住んでいて、時折、妻子を連れて圭史を訪ねて来る。

圭史は、孫の人気取りに頑張るのだが、嬉しさ半分、彼らが帰宅すると疲れがどっとおしよせる。

ミドリに「孫は来て良し、帰って良し」と言い、二人で納得の顔を見合わせることになる。

長女華子は、独身だ。佃《つくだ》のマンションに一人住んでいる。33歳なので、早く結婚して欲しいと思うのだが、今は、そんなことは流行らないらしい。焦っている様子もない。

大学でコンピューターを習い、今ではみずなみコンピューターシステムというみずなみ銀行関連会社でプロダクト・マネージャーという立場にある。一般的に言えば、課長だろうか。部下が何人かいて、みずなみ銀行のシステム開発を担っている。

実際、ミドリへのプロポーズの言葉通り、圭史はあまり出世しなかった。支店長にはなったもののそれ以上にはならなかった。

出世欲がなかったわけではない。しかし運がなかった。

1997年に圭史が勤務していた四和銀行は、財閥系の五菱銀行と合併した。四和銀行は、バブル期に発生した膨大な不良債権処理に苦しんでいたため実質的には吸収合併だと言われた。

当時、圭史は40歳。出世は、まずまずでもうすぐ支店長に手が届くかと思っていた。合併は衝撃だった。勤務する四和銀行の経営が不振であることには気づいていた。圭史は、本部の審査部に勤務していたが、支店から上がってくる融資案件が、ほぼ全て追い貸しと言われる、支援融資ばかりだったからだ。

会社を倒産させないように支援すると言えば聞こえがいいが、実際は不良債権にしないために焦げ付かないようにする融資だ。胃がきりきり痛む判断を迫られた。会社の経営状態が悪いのを承知していながら、少しでも外見を繕《つくろ》って良く見せて融資をするのだから、粉飾をしているのと同じだった。悪いこととは知りながら……と、まるで犯罪者のように言い訳を胸に秘めて、支店に融資承認を与えていた。

すわっ、合併と聞き、相手が五菱銀行だと聞いた時は、これで人生終わったと絶望的に気持ちが落ち込んだ。

圭史だけではない。同年代の行員は、ほぼ全員が同じ思いを抱いた。というのは吸収された側の行員が悲惨な人生を歩むのは、銀行合併ではよくあることだからだ。頭取たちは、カメラの前で笑顔で握手しているが、あれは自分たちの地位が安定しているからに他ならない。

圭史は、マイナス思考を排して、プラス思考で行こうと決めた。五菱銀行という優良銀行と合併できたことで倒産という最悪の事態は免れそうだからだ。

当時の銀行は、不良債権の泥沼に足をとられ経営不振会社と一緒にずるずるとぬかるみに沈んでいく運命だった。五菱銀行との合併は、救出ロープが投げ込まれたようなものだった。

しかし、やはりそれは四和銀行への救出ロープであり、圭史へのものではなかった。

人事上の冷遇は続き、圭史は、支店長になれたものの小さな支店を渡り歩き、最終的に高田馬場支店長に辿《たど》り着いた。

もっと冷遇された者もいるから、それなりに満足はしていたが、本音は不満というほどではないが、満たされない思いがどこかにあった。

──運がなかった……。

そう思うことにした。自分の実力ではない。運も実力とはいうものの、やはり実力を正当に認めてもらう環境が重要なのだ。その環境に恵まれなかったことが、運がなかったということだ。

圭史の大学の同窓でゼミ仲間の中村清吾《なかむらせいご》は合併後のみずなみ銀行で副頭取になった。大学時代は圭史よりデキが悪かったにもかかわらず、だ。その違いはどこにあるのか。それが運だ。

圭史が吸収された四和銀行に入り、中村が吸収した五菱銀行に入ったという違いだけだ。二人は一緒に四和銀行を受験した。その結果、圭史が合格し、中村は落ち、なんとか滑り込みで五菱銀行に入った。「俺は運が良い」とは、その時の中村の弁である。

18年後、まさか同じ銀行になるとは思わなかった。そして吸収された四和銀行出身者である圭史は冷や飯を食い、中村は、とんとん拍子に出世し、副頭取になったというわけだ。

この件について不満を口に出したことはない。

否、一度、ミドリに愚痴ったことがある。ある会議で中村と一緒になったことがある。その時、中村はすでに取締役になっていた。「よっ」と親しげに手を挙げたわけではない。ただ笑みを浮かべて会釈をしただけだ。視線が合い、中村は圭史を認めた。ところが完璧に無視したのだ。まるでそこに誰もいないかのように。

圭史は、むかつき、腹立ちを必死で抑えた。ミドリにこのことを話すと、「腹を立てなくてもいいんじゃないの。そういう人なのよ。そう思えばいい」と諭された。

確かにミドリの言う通りなのだ。大学時代に親しかったからと言って社会人になってからもずっと親しいということはない。

圭史のような非出世人間は思い出という過去に生き、中村のような出世人間は思い出などに価値を認めず、未来の出世に生きているのだ。それしか目に入っていない。

圭史は、中村に腹を立てても無駄であると理解したが、心ひそかに「俺を無視する奴は地獄に落ちよ」と念ずることにした。

しかし、圭史の不運は、まだ続いている。実は、中村が、圭史の勤務するみずなみ不動産の社長に就任することになったのだ。

中村は、副頭取を退任後、顧問としてみずなみ銀行に残っていた。良い天下り先が見つかるまで待機していたのだ。優雅なものだと圭史は、妬《ねた》み半分で、どこに天下るのかと関心を持っていたが、あろうことか、みずなみ不動産の社長に就任するとは！　驚天動地《きようてんどうち》とはこのことを言うのでなければいったいどんな事態をいうのだろう。

圭史は、まだこのことをミドリに話していない。話せば、大いなる愚痴になる予感がするからだ。

今朝から、なんとなく気分が優れず憂鬱なのも、このことが原因かもしれない。もしかしたらコンビニでトラブルに遭遇し、大好きな牛乳が買えなかったのも。

いつもより通勤電車が混んでいる。通勤の通を痛に変えて痛勤電車と言っていた時代があったが、その頃となんら変わっていない。

時差通勤やリモートワークが推奨されているが、この状況が改善されないのはいったいどういうことなのだろうか。

珍しくいら立ってきた。いつもなら海の昆布のようにゆらゆらと人の揺れに抵抗しないようにしているのだが、今日は違う。なぜこの年齢になっても満員電車にもまれなくてはならないのかと思ったのだ。

コンビニで牛乳パックを買いそびれたせいかもしれない。あるいは牛乳を飲まなかったのでカルシウム不足に陥り、精神が不安定になっているのかもしれない。やはり牛乳を飲むべきだった。今更後悔しても遅い。

「いて！」

誰かが、靴を踏んだ。靴にハイヒールのかかとが刺さっている。目の前に背中を見せている女性のハイヒールだ。

「あのぉ。あなたの靴が私の上に……」

圭史は、表情を歪《ゆが》めながら言った。

女性が振り向いた。髪をショートカットにした若い女性だ。表情に警戒心が現れている。変な男に声をかけられたとでも思っているのか。

私は、指で靴を差した。女性はおもむろに視線を落とし、無言で圭史の靴の上から、ハイヒールを外した。そして何事もなかったかのように圭史から顔を背けた。

謝罪がない。

圭史は、一瞬、周囲が暗くなったような気がした。悪いガスを吸い込んだわけではない。精神の動揺が視界に影響したのだ。

なぜ、謝罪がないのだ。この事実に直面し、激しく動揺してしまった。最近の若い人は謝罪しないというようなことを聞いたことはあるが、靴を踏んでおいて、謝罪が無いとはどういうことだ。

圭史は、女性の背中に向かって……。

――謝罪はしないのですか。他人《ひと》の靴を踏んでおいて、ごめんなさいの一言もないのですか？

言葉が飛び出《で》そうになったが、ぐっと呑み込んだ。

圭史の抗議にもかかわらず、もし女性が謝罪を拒否したら、どうなるだろうか。

謝れ、謝らないで混んだ電車の中で女性とトラブルが起きる。その時、女性が悲鳴を上げたら……。

間違いなく痴漢の罪を着せられてしまうだろう。乗客は若い女性の味方だ。この女性が、靴を踏んだのに謝らないのだと事情を説明しても、乗客たちは聞く耳をもたないだろう。

その瞬間に人生が終わる。電車が止まり、駅員が駆けつける。どうしましたか？　女性に問いかけ、圭史を睨むと、ちょっと降りてください、と言う。いくら事情を説明しても、無駄だ。圭史は、駅員によって事務所に連行され、最悪の場合は、警察に逮捕されるだろう。電車内で女性に悲鳴を上げられたら、終わり。ジ・エンド。

50歳、60歳という社会的地位が定まった年齢の男たちが、電車内の不祥事で人生をおしやかにする事例がある。

実際に、痴漢もいるだろうが、中には余計な一言を口にしたばかりに、痴漢に仕立て上げられた不幸な者もいるに違いない。

高齢者になれば、より理性を保ち、感情をセルフ・コントロールしなければならない。短気は損気。これは高齢者のためにある言葉だ。

孔子は、60歳を「耳順《みみしたがう》」、70歳を「不踰矩《のりをこえず》」と言った。高齢者になったら悟りを拓《ひら》いたかのように人の意見を聞き、道に外れなくなったとの意味だが、おそらく孔子は、高齢になればなるほど、そうしたことが難しくなると悟り、セルフ・コントロールしろ、と教えているのかもしれない。

圭史は、今にも爆発しそうになる腹立ちを抑えた。そのため何度も唾《つば》を呑み込んだ。

会社は浜松町にある。もうすぐ駅に着く。それまでなんとか気持ちを制御しなければならない。圭史は、人の揺れを利用して、女性から離れることにした。問題を凝視しないこと。これがセルフ・コントロールの極意であると言わんばかりだ。

女性を視界から消してしまうことでいら立ちが徐々に収まってきた。

――これこそ高齢者の知恵である。

しかし、どこか満たされない気分がある。それがなぜなのかは分かっている。自分のふがいなさだ。あんな場面であれば、どうして謝罪しないんだと女性にはっきりと言うべきだった。問題を直視しない自分の姿勢に不満なのだ。

浜松町駅で電車を降りる。みずなみ不動産は、駅から直行できるビルの5階にある。

みずなみ不動産は、銀行合併に伴って両行の不動産会社を合併させてスタートした会社だが、銀行と同様に、旧五菱銀行が人事を掌握している。

合併などするもんじゃない。美味い汁を吸うのは、経営陣だけだ。吸収された側の会社の下々の者は、冷や飯を食わされるものなのだ。嫌なら辞めてくださいという姿勢がありありだ。銀行員時代もそうだったが、みずなみ不動産に来ても冷や飯は続くのだ。もし、今、吸収合併されそうな会社に勤務するサラリーマンに会ったなら、さっさと辞めて独立するか、さもなくば一生冷や飯食いになることを覚悟せよと言ってやりたい。

60歳になる直前、人事部から「今後どうされますか」と尋ねられた。このままこの会社に留《とど》まるのか、それとも新天地に飛び出すのかと聞くのである。

「留まってもいいのですが、部長職は外れていただきます。固定給は現行基本給の50％になります。ただし受注額の10％が成功報酬となります……」

若い人事部員から告げられた。

「他の人は、どんな選択をされますか？」

「勿論、わが社を離れる方もおられますが、たいていはこのまま勤務する方を選択されます」

「やはりね。そうでしょうね」

圭史はたとえ給料が下がろうと安定を求め、残留を決めた。

今は、不動産業だが、元は銀行員である。この職業を選択する人間は、冒険を好まない。一人で荒野を行くような勇気はない。野垂れ死ぬのがおちだということを知っているからだ。

「どうされますか？」

人事部員が圭史の意向を再確認した時、「引き続きお世話になります」と即座に回答した。

ミドリに相談するまでもない。ミドリだって圭史の選択に文句はないはずだからだ。

今日は、ろくでもないことが続く。なんとかセルフ・コントロールでしのいでいるが、腹の中に怒りや不満、あるいは自分のふがいなさを責める気持ちなど、負の感情が溜《た》まり始めている。負の感情メーターのメモリが上昇している。

今日、これから始まることに対する心構えが出来ているか、と圭史は、会社の入口玄関の前で立ち止まって考えていた。

このまま自動ドアが開き、中に入ると、大会議室に集まることになっている。そこで始まるのは、中村の社長就任挨拶だ。

旧四和銀行、旧五菱銀行と運命が分かれただけで、出世に大きな差が生まれた。中村の挨拶を冷静に聞くことができるだろうか。

「田中さん、どうかされましたか?」

背後から声がかかった。

振り向くと、同僚の福島幸雄《ふくしまゆきお》だ。彼も旧四和銀行出身だ。

「はぁ、いえ、なにも」

「先ほどから入口で立ち止まっておられたので。ご気分でも悪いのかと……」

「大丈夫です」

圭史は薄い笑みを浮かべた。

「顔色が少し悪いような気もしますが。今日は大事な会議ですから、休むわけにはいかないですね」

「行きましょうか」

圭史は、足を踏み出した。自分の気持ちを穏やかにすればいいだけのことだ。こんなことは長いサラリーマン人生で幾度もあった。それを乗り越えてきたではないか。

「ところで中村社長は、田中さんと同窓で、同じゼミだったって聞きましたが、本当ですか」

福島が聞いた。圭史の表情を探るような目つきだ。

そんな情報が社内に広まっているのか。どうしてサラリーマンは、こんなにも人事の噂が好きなのだろうか。

「ええ、まあ」

圭史は、複雑な表情で曖昧《あいまい》に返事をした。

「羨《うらや》ましいなぁ。新社長と親しいなんて、最高ですね。我々、そろそろ65歳になりますから、お役御免でしょう？　その後、どうしようかって考えていたんです。悠々自適とはいかないんですよ。私、結婚が遅かったので、まだ子供が小さくてね。金がかかるんです。金がね。人は、老後が楽しみですねって勝手なことをいいますが、そんな人ってごく一握りでしょう。まだまだ働かないとね。この国は案外と老人に冷たいですからね。いやぁ、羨ましいな。きっと田中さんは、再々雇用？　いや、役員に取り立てられるかもしれませんよ」

福島は、どれだけの言葉が腹に溜まっていたのか知らないが、圭史にしゃべり続ける。

福島も圭史と同じ64歳である。まもなく定年を迎えることになる。

旧四和銀行出身者のように吸収合併された側には、これから悲惨な人生が待っている可能性がある。被征服民族は征服民族の奴隷となり、どんな仕打ちをうけようと抗議の声を上げられないのと同様だ。

最近の合理化の影響で銀行本体からも旧四和銀行出身者が退職か他社への転出を強いられる傾向が強まっている。関連会社においても同じだ。今まで両銀行でイーブンだったポスト数も旧五菱銀行が多く占めるようになった。

その傾向は、圭史たち営業担当部長のポストにまで及び、旧四和銀行出身者は次々と退職させられている。福島の饒舌《じょうぜつ》は、そうした将来への不安に起因しているのだろう。

圭史は会議室に入り、席についた。福島は圭史の左斜め前の席である。まだしゃべり足りないような表情をしていたが、圭史の反応がないので諦めたようだ。

「圭史さん」

隣に座った同僚の鎮目《しずめ》三郎《さぶろう》がすり寄ってきて、小声で話しかけてきた。

「どうされましたか？」

圭史も小声で答える。

「今日の会議の主旨をご存じですか？」

「中村社長の就任挨拶でしょう？　そうじゃないんですか」

「そう思っていたのですが、実は、私たちをリストラするための会議だそうですよ」

「えっ」

圭史は、絶句した。

「新社長は、私たち営業担当部長をリストラするために集めたらしいんです」

圭史は、会議室を見渡した。会場を埋めているのは、確かに営業担当部長ばかりだ。もし新社長の就任挨拶という儀礼的な会議であれば、他の本部スタッフが出席していてもいい。それがいない。

鎮目も圭史と同じ旧四和銀行出身者で、年齢は、61歳である。

「まさか、社長就任早々、リストラですか」

「そうらしいです。信じられませんよね。でも田中さんは、まだいいですよ。もうすぐ定年でしょう。悠々自適じゃないですか。私は、まだ先がありますし、しがみつかないといけませんから」

鎮目は力なく言った。

「ちょっと許せませんね」

圭史は表情をこわばらせた。鎮目の言うことが本当なら、社長就任の挨拶もしないでリストラするとはどんな了見なのだ。馬鹿にするにもほどがある。営業担当部長が、銀行時代には多くの部下がいた栄光とプライドを脇に置いて、靴底をすり減らして営業に歩いたお陰で、みずなみ不動産の業績が維持されているのではないか。まずは感謝と慰労の言葉から始めるべきだろう。

「その通り。許せないですよ」鎮目も同意した。「ちょっと田中さん、頑張ってください」

「何を、ですか？」

圭史は、首を傾《かし》げた。

「田中さんは中村社長と同じ大学でゼミも同じだっていうじゃないですか。だったら、中村社長にガンと言ってやってくださいよ。リストラなんかするなって」

鎮目は真剣だ。

圭史は、唖然《あぜん》として鎮目を見た。何を言うのか。何を期待しているのか。同窓同ゼミだったという理由だけで社長に文句を言えるはずがないではないか。福島と鎮目の発言から推察するに、圭史が中村と同窓で同じゼミだったという情報は社内に広く共有されているようだ。

そのことで圭史が、中村から何らかの特別な配慮を受けるに違いない、否、きっとそうだろうと彼らは嫉妬心を抱いているのだ。圭史は、周囲に視線を巡らそうとした。しかし止めた。自分に、彼らの視線が集まっているような気配を感じたからだ。

「そんなことできるはずがないじゃないですか」

圭史は、小声ながら語気を強めた。鎮目は不機嫌そうな目で圭史を見て、ゆっくりと顔を正面に向けた。

圭史の心臓の鼓動が、なぜか激しくなった。もし本当に今日がリストラを命じる会議であっても自分はどっちみち、もうすぐこの会社を退職せざるを得ない身である。そのことを考えれば、どんなことも馬耳東風で聞き流さねばならない。慎重な上にも慎重な人生を歩んできたのだ。こんな最後の最後になって妙な義侠心《ぎきょうしん》を発揮してはならない。たかだか福島と鎮目の二人に中村との関係を言われたからといって、まさかここにいる全員が、自分に何かを期待しているわけではないだろう。

3

「まだ数人、来ておられないようですが、定刻になりましたので会議を開催いたします」

司会者が発言した。40代くらいの男だ。初めて見る顔だから、最近出向してきたのだろう。

みずなみ不動産の本部スタッフは、銀行から若手が出向してきている。一度、外の水を経験させた方が銀行員としてのキャリア上、有利であるとの考え方が、どの銀行にも浸透し始めている。かわいい子には旅をさせよと言うわけだ。

「すみません！」

会場のドアが開き、三人が飛び込んできた。

ネクタイが緩んだ者もいるから、かなり焦って走ってきたのだろう。

三人は、急いで空《あ》いている席を見つけて座ろうとした。

「ちょっと待ってください。遅刻は許されません。席につかずにこのまま帰宅してください」

司会者が言った。

「えっ、ぎりぎりじゃないですか？　間に合ったでしょう」

一人が司会者を睨んだ。

「間に合っていません。時間を守れないような人は、わが社には不要です。このままご帰宅ください」

司会者は、表情を変えずに言い放った。

――冷酷だなぁ、と圭史は思った。

会場の空気が、ピンと張り詰める。入口ドアのところで三人の男は、困惑し、判断に迷いながら立っている。

いったいどう決着をつけるのか。

圭史の鼓動が、先ほどにも増して激しく打つ。何かしなくてはいけないのではないか。あの三人をあのままにしては置けない。圭史は、勇気を振り絞り、声を上げようとした。

その時だ。

「早く始めなさい」

鋭い声が会場に響いた。

圭史を含め、会場にいる者たちは、一斉に声のする方向を見た。中村が立っていた。いつの間に入ってきたのだろうか。

「分かりました」司会者は中村の言葉に激しく動揺し、焦点が定まらない様子で答えた。「お座りください。以後、気を付けるように……」

司会者が気を取り直すかのようにコフッと咳《せき》払いをした。

「それでは社長、中村清吾より皆様に経営方針などを説明させていただきます。中村社長、よろしくお願いします」

司会者が深く頭を下げると中村が登壇した。胸を張り、顎《あご》を少し上げている。尊大な態度だ。

中村は、小柄でどちらかと言えば貧弱な体型である。頭髪は薄くなり、丸顔に切れ長の目。その目は、いつも何かを警戒しているかのように鋭い。

中村の姿を見るのは久し振りだ。まだ銀行に在籍している頃、支店長会議で役員席に座っているのを見て以来だろう。数年前のことだ。老けたが、まだ肌艶《はだつや》はいい。出世への欲望が体の中にみなぎっているからに違いない。

中村が壇上から細い目で会場を見渡す。

会場が静まる。

「皆さん、日ごろは当社営業に邁進《まいしん》していただき、感謝いたします。この度、社長に就任しました中村でございます。よろしくおねがいいたします」

中村は軽く頭を下げた。

「さて、本日、営業担当部長の皆様にお集まりいただきましたのは、当社現状をお伝えするとともに、皆さまの一層の奮起に期待するからであります」

両手で演台を摑《つか》み、体を前のめりにして話す。やや甲高《かんだか》い声だ。

中村が話すのを最後に聞いたのはいつだろうか。大学のゼミの発表かもしれない。あの時はおどおどしていた印象があった。終わった後、どうだった？　と何度もしつこく圭史に聞いたものだった。今は、別人のように自信たっぷりである。

「業績が非常に悪い」突然、中村の声が強く大きくなった。「皆さんは、支店長を経験された営業の大ベテランであります。そのような方々が、まさか怠けておられるんじゃないでしょうね。低金利政策が続き、住宅取得環境が良好であるにもかかわらず当社は他の銀行系列不動産会社に比べ戸建て、マンションともども、売り上げにおいて甚《はなは》だしく劣後しているのであります」

中村の唾が飛んだのが見えた。

中村は、具体的な数字を挙げて業績の悪化、営業担当部長の働きが悪いと言い募る。

社長として初めての挨拶でここまで圭史たちを責めるのは、明らかに異常ではないだろうか。

「ひどいですね」

鎮目が囁《ささや》いた。

圭史は渋面を作り、頷《うなず》く。

「噂は本当ですね」

鎮目が圭史にわずかに振り向いた。

「なんの噂があるんですか」

「返り咲きですよ」

「なんですか？　それ」

「知らないんですか」

「ええ」

「まだ頭取を諦めていないって噂です。現頭取は、旧五菱です。次は旧四和です。これはルールですから動かせないことになっています。しかし旧五菱の連中は、そのルールを反《ほ》故《ご》にしようとしているんです。その旗振り役があの人」鎮目の視線は、口角泡《こうかくあわ》を飛ばしている中村を捉《とら》えていた。「その動きが旧四和の反感を買って、ここの社長になりましたが、ここで業績を上げれば、ルールを破って次期頭取に就任するんです」

そんな噂があったのか。なぜ自分は、社内の噂にこれほどまで疎《うと》いのだろうか。関心がないわけではない。しかし考えてみれば銀行員の時代から、人事には汲々《きゅうきゅう》としないようにしていた。出世の遅れが明らかになって以来、人事を気にしすぎると、辛《つら》いだけだからだ。

「あなた方はシロアリだ。みずなみ不動産という柱に巣くうシロアリだ。柱を食い尽くし、やがて建物そのものを崩してしまう。シロアリだ。こんなことを言われて腹が立たないのか。悔しくはないのか」

中村は私たちを舐《な》めるように指を差し、「シロアリ」を連発した。「このまま他社の後塵《こうじん》を拝してもいいのか。支店長経験者のプライドを無くしてしまったのか。シロアリ社員のままで生きていくのか」

中村の口調はエスカレートしていく。

シロアリ！　なんという言い草だ。シロアリと言われて腹は立たないのか、だと。立つに決まっているだろう。

シロアリはお前だ。お前たち役員だ。圭史は、自分たちは働きアリであると言い返したかった。黙々と命令に従い、会社のために働き続ける働きアリ。シロアリは中村、お前だ。高給を食《は》み、ただ雲の上から指示を出すだけで、手は汚さない。お前らがだらしないから会社の屋台骨が腐るのだ。

「私は、社長としてこのまま業績低迷を放置するわけにはいかない。大胆なリストラ、聖域なきリストラを断行する決意であります。営業目標未達が3カ月以上続く場合は、雇用契約を解消します。あなたがたは60歳で当社を定年になり、その後は一年契約で再雇用されているわけです。その雇用契約を打ち切るのです。しっかりしてください。一年契約というのは、プロフェッショナル契約と同じです」

中村はなぜだか微笑《ほほえ》んだ。プロフェッショナル契約という言葉を発したことに満足したかのようだ。

圭史は、中村の意図を見抜いた。業績を一気に引き上げるには、人件費を削るのが最も近道だ。噂が本当なら、短期間に業績を上げるために圭史たちを犠牲にしようとしているのだ。

シロアリと言われても特に反応が無かったが、再雇用契約の打ち切りという発言の直後、「うぉ」という悲鳴とも嘆きともつかぬ声が響いた。会場内の空気が乱れ、そしてみるみるうちに重くなった。

福島が圭史に振り向いた。恨《うら》みがましい目つきだ。

なぜ、そんな目で見るのだ。圭史が中村と親しいと誤解しているのだ。鎮目の視線も感じる。隣を向くと、鎮目と目が合った。

「ひどいですね。シロアリ駆除ですよ」

鎮目が囁いた。

シロアリ社員と罵倒され、そして再雇用を解消するという仕打ち。シロアリ駆除とは言いえて妙である。

感心ばかりしていられない。彼らは、圭史に反論しろと迫っているのだ。

——お前が特別扱いを受けたら承知しないぞ。

——受けるはずがないではないか。中村と特別親しいわけではない。あんなに非情で、傲《ごう》慢《まん》な男と同じゼミで学問に励んだことは、今となっては恥以外の何ものでもない。一緒にしないでくれ。

圭史は心の中で彼らに強く反論した。

ところが右手が勝手に上がっていく。自分の意思に反する動きだ。いったいどうしたのだ。圭史は慌てたが、手は落ち着き払ってゆっくりと上に伸びる。圭史は、自分の腕の動きを信じられない思いで見つめていた。

「そこで手を挙げているのは誰だ!」

中村が、圭史に向かって指を差した。

圭史は手を下ろそうとしたが、下りない。いったい自分はどうしてしまったのか。

「立ちなさい！」

中村が、細い目で睨み、鋭い声で言った。

圭史は、諦めて立ち上がった。自分の意思ではないが、何かが自分を動かしている。それに逆らうことはできない。滅多に燃えたことがない圭史の心に中村のシロアリ発言が火を点けたのだ。それが抗しがたいエネルギーになり、手を挙げさせ、立ち上がらせたのだろう。

鎮目が、福島が、頑張れと声を出さずに唇だけを動かす。

中村は、不愉快そうに口角を歪めた。

「君か、意見があるなら言いなさい」

中村は言った。

圭史は、この場から逃げ出したくなった。銀行員生活では、とにかく慎重に歩くことをモットーにしてきた。こんな大胆な行動を取る人間ではない。周囲の者たちの視線が痛いほど突き刺さってくる。

――あいつ、何をやろうってんだ。

――社長と親しいらしいぞ。同窓同ゼミだってさ。

――じゃぁ、これも出来レースか？

——そうじゃないか。

嫉妬、嫉《そね》み、が籠《こも》った声が聞こえて来る。空耳《そらみみ》とは思えない。

ふいに大学を卒業し、支店に配属され、初めて営業に出た日のことが目に浮かんだ。

土砂降りの雨の日だった。先輩が、こんな雨の日にこそ傘を差さずに客のところに行くんだ。雨に打たれて、びしょぬれになって玄関先に立っていろ。同情して高額預金を契約してくれるぞ。

その言葉を信じて、雨に打たれながら客の家の前に立っていた。頭からスーツの上下、靴の中までびしょびしょだ。プールに落ちたようになった。しかし何度も何度も玄関のドアフォンを押したが、家の中からは誰も出てこない。代わりに警察官が来て、圭史は交番に連れていかれた。先輩が引き取りに来てくれたが、新人虐《いじ》めのからかいにまんまと引っ掛かったのだ。

バブル時代のことが頭をよぎる。圭史は働き盛りの30歳過ぎだ。結婚し、子供もできた。世の中は浮かれまくっていた。銀座のクラブでは高級シャンパンの栓がポンポンと開けられ、深夜にもかかわらずタクシーに長い行列ができた。

圭史の営業成績もウナギ上りだった。不動産業者との取引では、毎日、数億円、数十億円という稟議書《りんぎしょ》を書き、融資を実行した。

ある会社にゴルフ場建設融資を実行した。50億円という巨額融資だった。社長にお礼に行くと、圭史にゴルフ場会員権をプレゼントすると言う。感謝の印だ、とっておけ。会員権は、一口500万円。これが1000万円、1億円になるぞ、その時、高値で売ればいい。社長は自信たっぷりだ。

圭史は、断った。ミドリに相談するまでもなく、そんな美味い話はないと思った。社長は不愉快そうに、支店長や役員の名前をずらずらと並べ、みんな嬉しそうに懐にいれたよと言った。圭史は驚いた。しかし、やはり断った。社長は、「堅い奴だなぁ。まるで銀行員みたいだ」とおかしな皮肉を口にした。圭史は、その後、その会社の担当を外された。

バブルが崩壊した。圭史は本部の不良債権処理の特別チームに配属になった。日夜、不良債権との闘いが始まった。処理しても、処理しても不良債権は増える一方だった。

ある時、あのゴルフ場開発案件が不良債権として持ち込まれた。会社は、いくつかのゴルフ場を建設したが、やがて資金繰りに窮《きゅう》し、会員権を乱発し、自信たっぷりだった社長は詐欺罪で逮捕された。会員権を受け取らなくてよかったのだ。あの時ほど、真面目が一番と思ったことはない。「銀行員みたいだ」という社長の皮肉を思い出した。

「これはひどいなぁ」とチームを率いる部長が嘆いた。部長の前には、社長が、銀行に騙《だま》されたと怒って、提出してきた接待などの伝票が積まれていた。

勿論、その中には会員権を無償譲渡された当時の支店長や役員の名前があった。それに加えてゴルフ場を無料で利用していた行員たちの名前もあった。家族、友人同伴で何度もタダゴルフに興じていたのだ。

「田中の名前はない」

部長が言った。

「私は社長に嫌われていましたから」

圭史は誇らしげに答えた。

その後、社長と癒着していた役員、支店長、行員たちは厳しく処分された。圭史は心の中で快哉《かいさい》を叫んだ。

圭史は、真面目に勤務し、誰に対しても恥じ入ることはしていない。そして多くの貢献をしてきたと自負している。バブル期のイケイケ時代、バブル崩壊後の苦難の時代、そしてその後遺症に長く苦しんだ失意の時代……。

決してシロアリではない。銀行の屋台骨を食い荒らしたことはない。

圭史は、中村から視線を外し、周囲をゆっくりと見渡した。

気持ちは静まり、どこか別世界にいるような気分である。微《かす》かに微笑みがこぼれた。

ここに集まっている営業担当部長たちの多くは60歳を超えている。老いが目立つ者もいる。彼らは決してシロアリではない。みずなみ銀行に貢献してきた者たちである。シロアリと罵倒されるような者たちではない。

「どうした？　黙ってないで何とか言いなさい」

中村の表情が強張《こわば》り始めている。

圭史は腹をくくった。

「私、そして私たちはシロアリではない。シロアリはお前だ。お前たち経営陣だ！」

圭史は、中村を指さし、大きな、はっきりとした声で言った。中村が不愉快そうに表情を歪めた。会場からは何一つ聞こえない。しわぶき一つもない。会場には圭史の突然の行動に驚いたのか、緊張感が張りつめている。圭史はくるりと踵《きびす》を返し、出口に向かって歩く。出口に着くと会場内に振り向き、頭を下げた。福島と鎮目は、弱々しい笑みを浮かべて、圭史を見つめていた。

ドアが閉まった。もう二度と、開くことはない。

——なぜ、こんな行動に出てしまったのか。

圭史は自らに問いかけた。圭史に同調して、一人でも二人でも怒りを溢《あふ》れさせ、立ち上がり、中村に発言撤回を求めるのではないかと期待したのか……。

しかし、それはつかの間の空想に過ぎない。会議は何事もなかったかのように粛々と進行している。中村は、造反した圭史を嘲笑《あざわら》っていることだろう。

もしかしたら中村の思う壺《つぼ》にはまったのかもしれない。あいつは、昔から策士だった。あの細い目で、いつも何かを企《たくら》んでいた。中村は、圭史たちを侮辱することで二つのことを実現しようと考えたのではないか。

一つは中村への反発から退職を願い出る者が増えること、中村は圭史を許さず、リストラするだろう。もし圭史の後に続く者がいれば、次々とリストラすればいいだけだ。

もう一つは奮起して営業活動に邁進する者が増えることだ。シロアリではないところを見せてやると頑張る者が出てくれればそれでいい。どちらも中村にとって損はない。

――それにしても自分らしくない行動をしてしまったものだ。

圭史は、臆病で、慎重な人間である。そう思って生きてきた。ところが人生の終わりが近づいてきて思いがけなく大胆な行動に出てしまった。自分にあんな行動ができるとは思いもよらなかった。

「しようがないなぁ」

圭史は、天を仰ぎ、自らに言い聞かせるように呟いた。いまさら後悔しても始まらない。

圭史は、ミドリの顔を思い浮かべた。少し憂鬱な気分になった。しかしミドリは分かってくれるだろう。

圭史は、足元を見つめた。この足は、どこに向かうのだろうか。しかしどこかには向かうだろう。足に任せて歩くしかない。そして、一歩を踏み出した。

第二章　退職

1

午後7時頃、携帯電話が鳴った。福島からだ。

「田中です」

圭史は言った。

〈ああ、田中さん、今日は大変でしたね。どうされているかと思いまして……〉

「ご心配をおかけしました。ところで私が出た後、会議はどうなりましたか？」

〈それが……何事もありませんでした〉

福島の声は沈んでいた。

「そうですか。やはり何事もありませんでしたか。私の行動に対して中村社長も皆さんも、全く反応無しですか」

圭史は、力が抜けた。

圭史にしてみれば一世一代の暴挙だったと思っているのだが、それに対して誰も反応しなかったとは……。彼らの賛同を期待して行動したわけではないが、それでも無反応は寂しい。これでは風車に立ち向かったドン・キホーテ以下ではないか、と本音を言えば、悔しい。

〈みんなあっけにとられたのかも知れません。私も、田中さんにエールを送れませんでした。すみません〉

「謝る必要はないです。で、中村社長はどうでしたか？」

〈社長は、田中さんが出て行くまで、話を中断しましたが、そのまま演説を続けました〉

「シロアリ発言も続けたんですか？」

〈訂正もなにもしません。そのまま『シロアリになるな』と言いましたね。成績を上げないと、ビシビシ、リストラするからとも〉

「ひどいな」

圭史は電話口で表情を歪めた。

〈謝る気はないのですか〉

やや緊張したような声で福島が言った。

「それは、どういう意味ですか」

圭史は聞いた。

〈会議の後、人事部長に呼ばれました。私が、田中さんと親しいってことを知っていたんですね。それで人事部長が言うには、穏便にことを収めるには、田中さんが、社長に謝ることしかないと言うのです。それを伝えてくれって……〉

福島は、小声になった。言葉にするのに躊躇《ちゅうちょ》している気配がした。

「私が、謝ればどうなるのですか」

〈今日の会議のことは不問に付すってことでしょうね。このままだと定年を待たずに解雇になると、人事部長は懸念しているのだと思います〉

「ということは、このままだと私は定年を待たずに解雇になるってことですか」

〈その可能性があると思います。あくまで可能性ですが〉

福島は自信なさそうに言った。

「解雇理由は？」

圭史は聞いた。

〈社長に逆らったから？〉

福島はさらに自信なさそうに言った。

「そりゃあないでしょう。社長に逆らってクビになるなんてありえない。そもそも私たちをシロアリ扱いすることが問題です。そうでしょう」

〈おっしゃる通りです。私は、とりあえず人事部長の意向は伝えました。どうされるかは、田中さんにお任せします〉

「ありがとうございます。迷惑な役割でしたね」

福島は言った。

圭史は言った。

少しの間、沈黙があった。福島は、まだ電話を切らない。何か話し足りないことがあるのだろうか。

〈田中さんを見直しました〉

福島が、ぼそっと言った。

「何、言っているんですか」

圭史は少し照れた。

〈田中さんは、どちらかというと慎重で控えめでしたね〉

「要するに目立たないってことですね」

圭史は笑った。

〈まあ、そういう言い方もありますが、今回、社長にあんな発言をされるとは思いませんでした。勇気、あるなぁって、みんなそう思っています。それに続くことができない私なんかは恥ずかしい。許してください〉

「許してくれなんて、止めてくださいよ。私は勝手に言っただけ。かえって福島さんにお気を使わせたみたいですね。謝るのは、私の方かもしれません。歳を取ると、どうも短気になってしまいます」

圭史は心が痛んだ。あの発言が福島の心に負い目を与えてしまったのだ。

〈会社、辞めないでください。自重してください。これで電話を切ります〉

福島は、通話を終えた。

圭史は、携帯電話を見つめていた。

「どうしたの？　何かあったの？」

夕食が終わり、お茶を飲んでいたミドリが聞いた。

「何でもないよ」

圭史は、テーブルについた。お茶の入った湯飲みが置かれている。

「何もないってことはないでしょう。帰って来てから、イライラというか、険しい顔をしているじゃない。食事もあまり食べなかったし……」

ミドリの不審そうな目つきに、圭史は顔を撫《な》でた。

「そうか。イラついているか？」

「そうかじゃないわよ。顔つきが変わっているわよ。今の電話は福島さんでしょう？　話してくれないと心配になるでしょう」

「そうだな。何を話したらいいかなぁ」

圭史は、思案げに上目遣いになった。

銀行員時代からミドリに職場や仕事の話をしたことがない。ミドリも元銀行員だから仕事への理解はある。だが、それに甘えて家庭内に仕事の悩みやトラブルを持ち込むのはどうかと思い続けてきたのだ。

余計な情報を入れて家事や育児以外で心配させたくはない。これは圭史の配慮である。しかし子育てを卒業したミドリには、圭史の悩みを共有したいという思いがあるのだろう。

「じゃぁ、話すかな」

圭史は、気が進まない顔で言った。

「聞きましょうか」

ミドリが姿勢を正した。

圭史は、可能な限り感情を交えず、会議の様子を説明した。中村のシロアリ発言の時は、怒りの残滓《ざんし》があったのか、感情が高ぶった。

ミドリは口を挟《はさ》まず聞いていた。表情も変えない。圭史の怒りとシンクロしないのは、ミドリの才能である。圭史と同じように怒り、騒ぎだしたら、事態の収拾がつかなくなる。

長男の圭太郎が小学生の時、突然、学校に行きたくないと言い出した。それで数日休んだことがある。圭史は、それを知って、なんとだらしない、弱虫だ、と思った。学校で虐めているのか。それなら戦うべきだ。圭史は圭太郎を励ますつもりで叱咤《しった》しようとした。

しかし、ミドリはそれに反対した。圭太郎をそっとしておくべきだ。たとえ小学生と雖《いえど》も疲れることがある。親がむきになって子どもを責めてはならない。

しばらくすると圭太郎は何事もなかったかのように学校に行きだした。もしあの時、圭史が圭太郎を激励のつもりで、叱咤していたらどうなっただろうか。圭太郎は反発し、引きこもったかもしれない。

圭史が興奮すれば、ミドリが冷静になる。そうやって家庭のリズムを築いてきた。

今回も同じだ。しかし夫がシロアリ呼ばわりされたことに関しては、もう少し怒りを表に出して欲しいという気持ちが無いわけでもない。

「それであなたはどうするの?」ミドリがやや硬い表情で聞く。「辞めるの? もう少しで再雇用期間が終わりね。世間は70歳まで雇用延長する方向に動いているようだけど」

「後先《あとさき》のことを何も考えないで発言したからな」

「あなたにしたら珍しいわね」

「そうだな。できるだけ波風を立てないようにしてきたのに、最後の最後で……。まあ、仕方ないな」

圭史は苦笑した。

「あなたは正しいことをしたと思う」ミドリが口調を強めた。「侮辱されて黙っているなんて男らしくない。そんな社長のいる会社、辞めなさいよ」

ミドリの表情に怒りが見える。ミドリが気持ちを高ぶらせれば、圭史が沈静化しなければならない。それが家庭のリズムである。

「いいのか?」

圭史は、ミドリの表情を窺《うかが》った。

「家計の面では、なんとかなるんじゃないの。子供たちも自立しているし」

「なんとかなるとは思うけど、俺はまだ64歳だろう? 100歳まで生きるとしたら、36年もあるんだよ。その間、何をしたらいいかな」

圭史は、弱気を表に出した。

会議で強気な発言をしたのは、別の圭史であるかのようだ。今日は、コンビニで牛乳を買いそびれたり、電車内で靴を踏まれたり、不運なことが続いた。そのためいつになく感情が不安定だったのだろう。それで暴走してしまったに違いない。

そうは言うものの、後悔しているわけではない。ミドリに言われるまでもなく、あんな中村の下で働きたいとは思わない。

それにしても無謀だった。この先のことを何も考えていないことに、改めて気づいた。趣味もない。運動もしない。ないない尽くしである。そんな人間が、いまから36年の人生をどうやって過ごせばいいのか。

「だから男って駄目なのよね。いざとなると度胸がない。普段からいざと言う時の準備をしていないからよ」

ミドリが強気で言う。

「反省するよ」

圭史はうつむき気味に言った。

「100歳まで元気で生きるなんてことは、まずないから。せいぜい頑張っても20年、いや、10年がいいところじゃないの。健康でいられるのはね」

「10年で74歳、20年で84歳か。それでも想像つかないなぁ」

「何言っているのよ。私たちの子どもの時って60歳を過ぎた人はものすごいお年寄りに見えたじゃない。今、私たちは、終活を考える年齢になっているのよ」

「そう言われれば、そうだな。終活を考える年齢か……」

終活が流行っている。ある年齢に達したら、死への準備をしろというのだ。周囲に迷惑をかけないために、そうするのが老人の責任らしい。圭史は、終活など、考えたことはなかった。自分の死を意識して暮らすことは不吉な気がする。若い時代なら死を意識したことがある。世の中の矛盾に、初めて遭遇し、それに抵抗するために死ぬしかないと思ったのだ。しかし、あれは若さゆえのことだ。いつの間にか、社会の矛盾にどっぷり浸《つ》かってしまうと、死を意識することは無くなってしまった。しかし、60歳過ぎの高齢者になって、実際に死が現実味を帯びて来ると、嫌でも死を考えるべきで、それから目をそらしてはいけないのだろう。

「あなたに終活って言ったものの、よく考えるとおかしいわね。死ぬ準備をするってわけでしょう。長生きしたいって、みんな健康などに気を付けているのに一方で死の準備をしなさいって言うんだものね」

「生きているうちに準備を整えておけば、いざと言う時、困らないからだろうね」

「死んでしまえば、後の迷惑なんて知ったこっちゃないでしょう?」

ミドリらしからぬ激しいことを言う。

「それに俺たちには圭太郎や華子に残すほどの美田もないし……」

「兄妹で争うことなく、後始末をしてくれるでしょうね。と言うことは、終活は、私とあなたの問題なんじゃないの?」

ミドリがじろっと圭史を見つめる。

「いったいどういうこと?」

「だってそうじゃない。終活が、残された人に迷惑をかけない嗜《たしな》みとするなら、私とあなたが同時に亡くなるって偶然は、事故でもなければ万に一つもないわけでしょう。だったらお互いにこの先、残された人生をどう歩んでいくかってことを考えるのが、終活じゃないのかな。夫婦が、人生の後半にあたって活き活きと暮らす方法を考えるのが終活なのよ。終活の活は、活き活きの活よ」

ミドリが急に明るい表情になった。自分の発言に少し酔っている。

「いいことをいうじゃないか。確かに一人暮らしなら、後は野となれ山となれもありだな。わざわざ整理しなくてもいい。財産のたくさんある人は子どもたちがもめないようにするためか、それともせっかく作った財産を税務署に取られたくないと執着しているだけなのか、よくわからない。あんなのは終活というより財産隠匿だ。でも俺たちのような普通の平凡な夫婦はそれらとは違う。死に向かって準備することではない。老後をより良く生きることなんだな」

「ちょっと明るい気分になった？　あなた単純だからね」

ミドリが笑った。

「馬鹿にするな。お前が、とてもいいことを言うからだよ」

「あなたはずっと仕事ばかりしてきたからね。これまで良く働いたわ。今、人生の終末期であることは間違いないんだから、少しゆっくりしたら？　何かやりたいことはないの？別に保険や株やお墓を整理するばかりじゃないでしょう？　そんなのは、もっと後で考えたらいいでしょう」

「それもそうだが、お前と一緒に亡くならないとしたら、あるいは俺が認知症になったら……と思うと、相続や後見人を考えておくことも必要かもな。残されるお前が可哀《かわい》そうだから」

「あのね。私の方が先に死ぬかもしれないじゃない。あなたの世話をしてから死ぬなんて、ごめんだわ」

「死ぬ、死ぬ……。さっきまでせっかく前向きになったのに、また暗くなってきた」

「とりあえず提案していい？」

ミドリは何かを思いついたのか、目を輝かせた。

「なにかいい終活のアイデアがあるのかい」

「あなた、まだ会社をリストラされたり、退職したわけじゃないでしょう？」

「そうだよ」

圭史は怪訝な顔をした。

「だったら明日、平気な顔をして会社に行きなさいよ。それで社長以下がどんな反応をするか、楽しんでらっしゃい」

「それが俺の終活第一歩かい？　どんな顔をして出社すればいいんだか……。俺はこのままフェイドアウトしようと思っていたんだ。辞表を郵送してね」

「そんなの駄目。あなたは真面目でいい人よ。だから私はあなたと結婚した。64歳になってこれから何年生きるかしれないけど、今度は自由に生きたらどうなの。真面目で大人しかったあなたは、社長への抗議でひと皮むけたのよ。例えば意地悪で嫌な奴になってみるとかね。それも楽しいんじゃない。それをやってみてから働きたければ、再就職を考えればいいでしょう。終わりを活き活き生きるためには、まず自由になること、意地悪になることよ。これグッド・アイデアだわ。私まで楽しくなってくる」

ミドリは笑顔で言った。

「お前が楽しんでどうするんだ」

「いいじゃないの。終活は夫婦の問題だって言ったでしょう？　生き方を少し変えてみましょう」

ミドリは自分の提案を面白がっている。

「意地悪爺《じい》さんになるわけか……」

圭史は、終活もなかなか大変なことだと思いを巡らせていた。

2

圭史は、みずなみ不動産にいつも通り出社した。

居心地が悪い。それは昨日の中村への抗議の発言のためではない。自分の姿だ。ミドリが面白がってピンク地に黄色のストライプ柄のネクタイをどこからか探してきたのだ。

「こんなネクタイ恥ずかしくって締められるかよ」

圭史が抗議してもミドリはきかない。スーツまで、明るいベージュ色だ。滅多に着たことはない。とりあえず買っておいたものだ。いつもはダークブルーかダークグレーのドブネズミスタイルである。

ミドリは、髪の毛までもブラウン系に染めようとした。それは勘弁してくれと言った。

「終活を楽しもう。楽しめる時間は残り少ないからね。あなたは社長に文句を言った英雄なの。ちょっと変化しなくちゃ。これで堂々と退職してきたってかまわないんだからね」

「お前、おかしいぞ」

ミドリははしゃぎすぎではないか。

圭史はミドリに言った。

「何がおかしいの。そりゃここで仕事を辞めたら、ダメ。ひたすら真面目に働いてきたあなたを侮辱するなんて、妻として許せない。爆弾抱えて突撃したいくらい」

「物騒なことを言うな」

「冗談、冗談。でもね、真面目で大人しいあなたが衆人環視の中で抗議の発言をしたことは、尊敬に値すると思う。きっとその行動が後半の人生の転機になるんじゃないのかな？そんな期待があるから、いつものスタイルじゃなくて、ピンクよ」

ミドリは、にこやかな笑顔でネクタイを差し出したのだ。

「よく来られましたね」

福島が近づいてきた。

「電話、ありがとうございました」

圭史は、昨夜の福島からの電話に感謝した。

「電話したことは内緒にしてください」

福島は表情を曇らせた。

圭史は、眉根を寄せた。表情が険しくなるのが分かった。

「どうして？」

「いろいろ、あるんです」

福島は、苦り切った顔になった。

「謝った方がいいと言われましたね。でも謝りません」

圭史は言った。

「シッ」

福島は、唇に人差し指を当てた。周囲を抜かりなく見渡すと、「分かってください」と言い、逃げるように圭史から離れて行った。

圭史は、福島の態度に驚きと、絶望を感じた。周囲を見渡した。せっかく明るいベージュ色のスーツにピンク地のネクタイを締めると言う冒険を冒してきたのに誰もそれを認めてくれない。圭史の周囲には人がいない。

昨日の発言で圭史は、危険人物とみなされたのだろう。同僚たちは一様に警戒しておく方が無難であると判断したのだ。だから近づいてこない。

圭史は、ピンク地のネクタイを指先で弾《はじ》いた。

「情けないなぁ。社畜とはよく言ったものだ。こんな年齢になっても飼いならされているんだ」

圭史は、誰に呟くともなく呟いた。しかし、自分も同じだ、と思った。今までは大人しく市場に引かれていく牛や羊だったのだ。

「ドナドナドォナ……」

突然、頭の中にドナドナの歌が響き渡った。晴れた日の昼下がりに荷馬車に載せられて市場に行く子牛が目の前に見えた。

――俺は、子牛じゃない。怒り狂った雄牛だ！　この会社を辞める。

圭史は、誰にも聞こえないように言った。

その瞬間、ふっと空にも浮かび上がるほど体が軽くなった。それ以上に肩がものすごく楽になった。今までの全身の力みが消失してしまったのだ。肩の重荷を下ろすというのはこの感覚を言うのだろう。

今まで自覚していたか、どうかは分からないが、如何《いか》に大きなストレスを抱えていたかしまったのだ。

会社を辞めると、たった今、本気で決断した途端にそれらのストレスが雲散霧消《うんさんむしょう》して

「最高じゃないか！」

圭史は笑顔で、ついに声に出してしまった。周囲には聞こえなかったのか、誰も振り向かない。

人事部長が近づいて来た。旧五菱銀行出身者で桐野利光《きりのとしみつ》と言う。圭史よりずっと若い。まだ40代後半だろう。経歴は分からない。圭史が知っているのは名前だけだ。彼と話したことはない。

圭史は、笑みを浮かべて桐野を待った。

「田中さん、ちょっとよろしいですか」

桐野は警戒するような目つきだ。また圭史が騒ぎを起こすのではないかと思っているのだ。愉快になった。もはや子牛や羊のように大人しい社員ではなく、狼《おおかみ》のように警戒される存在なのだ。

「よろしいですよ」

余裕の笑み。

「昨日の会議でのご発言ですが、少々、不穏当でしたので、取り消していただけるとよろ

しいのですが」

桐野は丁寧な物言いだが、断固たる意思で発言している。

「意味が分かりません」

「社の方針に反する意味で不穏当だと……」

「私たちをシロアリ呼ばわりするのが社の方針ですか？」

圭史は周囲を見渡す。福島と鎮目がこちらを見ている。目が合った。二人は慌てて目を逸《そ》らす。関わりたくないのだろう。ほかにも圭史と桐野の様子を見ている者がいる。

「それは社の方針とは……」

桐野が口ごもる。

「中村社長をシロアリと呼んだことですか？　それが問題になったのですか？　でも事実でしょう。事実を発言すると、社の方針に反するのですか」

小さな拍手が聞こえた。その方向を見た。誰が手を叩いたのかは分からない。

桐野も拍手に気づいたのか、音の方向に振り向いた。

「中村社長が私に謝罪と発言の取り消しを要求しているのですか」

圭史は強い口調で聞いた。

桐野は、険しい表情で圭史を見つめていたが、腹を決めたように「はい」と頷いた。

「分かりました。桐野部長も、社長の意向を受けて、私を説得に来られているわけですね。

私が社長に直接お会いしましょう。会って私の発言の意図をご説明します。社長はいらっしゃいますか？」

「社長室に居られますが……」

桐野が困惑している。

「では、参りましょう」

圭史は、歩き出した。

「ま、待ってください」

桐野が圭史の前に立ち、両手を広げた。

「どいてください。私が社長に会って発言の趣旨を説明します」

圭史は、桐野を無視して歩き出した。

桐野は、道を開けたが、慌てて圭史の後を追いかけてきた。

圭史は振り向き、背後に視線を向けた。福島の顔が見えた。心配そうな顔つきだ。思いきり眉根を寄せている。福島とは、一緒に、みずなみ不動産に入社した。それ以来、営業成績を競ったり、成績が振るわないときは、居酒屋で安酒に酔ったり……。共に支店長を経験し、苦労はあったが、昔はやりがいがあったという話で盛り上がった。懐かしさが込み上げる。その思いも今日で終わりだ。

目の前に社長室のドアがある。圭史は、ドアノブに手をかけた。桐野は、不安そうに佇《たたず》んで、それを見つめている。圭史を引き留めるのを諦めた。

3

圭史は、中村と睨み合う形で対峙《たいじ》した。厳しい顔つきになっているのだと自分でも分かった。肩の荷を下ろしたのに急に強張った感覚がして、肩を二、三度上下させた。少しほぐれた。

「どうした? なにか急用か?」

中村は、まるで何事もないかのようにぼそぼそとした低い声で言った。

「申し訳ございません。田中さんが、どうしても社長にお会いしたいと……」

圭史の背後から桐野が飛び出して、平身低頭した。

「そうか。君はさがっていい」

中村が、手で払う動作をすると、桐野はお尻からしずしずと後ろに下がり、急ぎ、ドアを開けると、部屋から出て行った。

「田中、久しぶりだな」

中村は、薄く笑みを浮かべている。

「お前はゼミの同窓会にも出てこないからな」

圭史はやや乱暴な口の利き方をした。中村が、「田中」と呼びかけたからだ。学生時代に戻った感覚だ。途端に「いけない」と自覚した。中村は稀代《きだい》の策士である。親し気な口調で話しかけることで圭史を籠絡しようとしている可能性がある。圭史は、警戒感を強め、気持ちを引き締めた。

「忙しくて、なかなか参加できないんだ。みんな元気か？」

「ええ、元気です」

圭史は口調を改めた。

中村が視線を強めた。圭史の態度が変わったことに気づいたのだ。

「何か私に言いたいことがあるのか」

中村は、不愉快そうに小首を傾げ、右の眉を上下させた。

「私たちをシロアリと言ったことを訂正し、謝罪して欲しいのです」

圭史は胸を反らした。不思議と落ち着いている。退職の決意をしているからだろう。何も恐れるものはない。退職すれば、社長と部下の関係は無くなる。

「それはこっちのセリフだろう。あんなに大勢の前で、私のことをシロアリと言ったのは、田中、お前だ。お前こそ、訂正し、謝罪しろ」

中村が一歩近づいてきた。興奮しているのか、小鼻をひくひくさせている。

「あなたが、私たちをシロアリと言ったからです。だから言い返したまでです」

「シロアリと言って何が悪い。働きの悪い社員は、シロアリだ。給料泥棒だよ。人間っていうのは怠け者なんだ。これを働かせ、会社の業績を引き上げるためにいったいどれだけの経営者、経営学者が苦労してきたと思う？　どこにも正解はない。ある経営学者は、工場の明かりを暗くしたのと、明るくしたのとではどれだけ生産性が上昇したかを研究した。田中、どっちの方が、生産性が上がったと思う？」

中村は、不敵に口角を引き上げた。

「当然、明るい方でしょう」

圭史は答えた。

「そうだ。当然だな」

中村は声に出して笑った。

「何が言いたいのですか？」

圭史は不愉快になってきた。

「私が言いたいのは、生産性を上げる王道は、明るくすることなんだ。その明かりとはノルマと懲罰だと気づいた。五菱銀行では、行員にノルマと懲罰を課することで業績を上げてきた。だからバブル崩壊を乗り切ることができた。これを徹底できなかった四和銀行は、我が五菱銀行の軍門に下ることになった。あのシロアリ発言は、怠け者の社員を鼓舞する、私一流のユーモアなんだ」

「あれがユーモアとは。ひどい。最悪のセンスですね」

「なんだと！　いくら同窓同ゼミだと言っても、社長と担当部長という立場をわきまえろ。俺にも立場があるんだぞ」

中村は本気で怒っているように見える。あの会議で、衆人環視の場で罵倒され、言い返すことが出来なかったことで立場を失い、プライドが傷つけられたのだろう。

「ノルマと懲罰では人は働きません」

圭史は言った。

「働く。何を言っているんだ。それ以外では働かない」

中村も断固たる口調で言い返した。

「あなたはきっと間違えます」

「私は間違えたことはない。だから田中と違ってこの地位にいる」

中村は自信たっぷりに言った。

「いいでしょう。この議論はどこまで行っても平行線です。でも私が言ったことを覚えておいてください」

圭史は言い、唇を引き締めた。

「田中、社長である私にこれだけ逆らったのだ。この会社に居られるとは思っていないだろうな」

ついに中村が奥の手を出してきた。圭史に退職を迫ったのだ。

「ああ、俺はお前の下では働きたくない。人事部に退職の手続きをしてもらう」

我慢の限界だ。ついに圭史は、ため口で言った。

「お疲れ様。私の方針に従えない社員はいらない。それが結論だ」

中村が言い放った。

「もう二度と、お前に会うことはない。俺は、お前が同窓、そして同ゼミだったことを恥じているよ。さようなら」

圭史は踵を返した。

「勝手にしろ！」

中村は、圭史の背中に罵声を浴びせた。

圭史は社長室の外に出た。桐野が不安そうに圭史を見つめた。

「お世話になりました。今日付けで退職します。手続きをお願いします」

圭史は、冷静に桐野に言った。

桐野は、一瞬、驚いたが、「分かりました。すぐに手続きをいたします」と答えた。

圭史は、この瞬間にみずなみ銀行、みずなみ不動産での生活が終わったのだ。42年間の銀行員及び銀行関連会社の社員としての生活の終わりだ。若い頃、どのような華々しい終わりを想像していたのか、今となっては思い出すことはできないが、実際に終わってみると、非常にあっけないものだと分かった。これならなにも深刻に考えることなどない。感動もなにもない。涙を流すこともない。拍手もなければ花束もない。あれは映画やテレビだけのシーンだ。退職の真実の姿は、このように「無」なのだ。極めて無味乾燥で、事務的事項なのである。

圭史は、桐野に軽く頭を下げると、姿勢を正し、再び歩き始めた。

第三章　再就職

1

何をしようかと思う。何もすることがない。

みずなみ不動産をある意味、喧嘩《けんか》同然で退職してしまった。何かやりたくて退職したわけではない。社長の中村の方針に反旗を翻しただけのことだ。そのため会社からは慰留されなかった。

妻のミドリに会社を辞めたと言ったが、「そうなの」と言っただけだ。ミドリの予想した通りになったから、驚かないのだろう。

「いいじゃないの、辞めて」

ミドリは言った。

「しかし、仕事をしないと大変なんじゃないか？」

　圭史は眉根を寄せた。

　ミドリがあまりに淡々としているので心配になると言うか、不満と言うか……。ちょっと複雑である。

「何が心配なの？　あなた今まで良く働いてきたじゃない。だから休んだっていいのよ」

「でもそんなことをしていると……」

　圭史の頭に「老後破産」などという不吉な言葉が浮かんだのである。それを口に出すと、本当になりそうで言葉を呑み込んだ。

「老後が心配なの？　飢えて死ぬとでも思っているの？　家計は私がちゃんとやっているわ」

　ミドリが言うのは本当のことだ。

　結婚した際、家計はミドリに任せることにした。圭史はミドリから小遣いを支給されるのである。小遣いは月額3万円である。

　これはミドリの提案だった。圭史は、抵抗した。先輩たちは大抵、給料を自分で管理し、妻に生活費を渡すスタイルだったからだ。圭史に向かって、妻から、小遣いを支給されるなんて男の恥だという先輩もいた。

――つき合いがあるんだ。そんなときはどうする？　断れないぞ。

――大丈夫よ。その時は、ちゃんと別口で渡すから。

そんなやり取りを繰り返した結果、ミドリが家計を握った。

しばらくすると、喧嘩になった。

圭史が麻雀やゴルフの付き合いを断れず、それらを小遣いでは賄《まかな》いきれなくなり、子ども名義の定期預金をミドリに内緒で解約して使ってしまったのだ。

ミドリは怒った。

――子どもの預金を使い込むなんてあなたいったいどういう神経しているの！　銀行員でしょ！　客の預金を使い込むのと同じ！

ミドリの怒りの激しさに、素直に謝ればいいものを圭史は居直ってしまった。

――男には付き合いってもんがあるんだ。足らないんだよ。小遣いが。家計は、俺が握る。みんなそうしているから。

ミドリは反論した。

――ちゃんとお小遣いを渡しているでしょう！　その範囲でやりなさい。煙草《タバコ》を止めたらいいでしょう！

ヘビー・スモーカーの圭史にとって、月々の煙草代は馬鹿にならない金額である。

圭史は、まだ居直り続けた。

――いちいち伺いを立てるのがプライドを傷つけられるんだよ。

――何がプライドよ。いったいどんな付き合いをしているの。ああ、それならいいわ。あなたが家計を切り盛りして頂戴。私は必要な金額を請求するから。勝手にして。

ミドリの剣幕は収まらない。家計管理を投げ出してしまった。

正直、参ったなと圭史は思った。自分で家計を握るといってみたものの、上手くできる自信がなかった。

給料日になり、ミドリから生活費を請求される。それは一度ではない。子どもの塾にこれこれの金額をくださいなどと、その都度請求され、圭史自身の小遣いに回す金が、ほとんど残らない。ミドリはどうやって小遣いを捻出《ねんしゅつ》していたのかと不思議だった。

たちまち圭史は音を上げ、ミドリの軍門に下ったのである。

――申し訳ない。君に家計を任せる。

圭史は、頭を下げた。完全な敗北である。ミドリは満足そうに微笑み、休戦に応じてくれた。

それ以来、圭史はミドリから支給される小遣いで付き合いを賄うように努力した。

「ちゃんと老後の準備はしてあるのか？」

圭史は恐る恐る聞いてみた。

「安心して。あなたのように真面目に銀行員として長く働いてきた人が老後の心配をするなんてことはあり得ないわ。そんなことは私がさせない」

ミドリの力強い言葉を聞いて、ミドリに家計管理を任せて良かったのだと安堵《あんど》した。

「安心していいんだな」

「なんとかなるわよ。それよりも、あなたはずっと働きづめだったのだから少し休んだらいいと思う」

ミドリは言った。

言われてみると、その通りだ。圭史は、就職以来、ずっと立ち止まることなく動き、走ってきた。そして64歳になった。少しの時間立ち止まっても罰《ばち》は当たるまい。そうは言うものの、それでも心配になる。いったい我が家にはどのくらいの資産があるのだろうか。老後を賄うのに十分なのだろうか。

「この家のローンは返済したよな？」

「完済したわ。あなたの退職金を使ったけどね」

「それで、どれくらいの貯《たくわ》えがあるんだ？　安心しろって言うけど、この先、大した働きがなくても、本当に大丈夫なのか？」

「あなたは心配性ね。有り余るほどのお金はないけど、あなたがしばらくゆっくりするくらいは貯《た》めてあるわ。私の料理教室の収入も少しあるから」

ミドリは近所に会場を借りて月2回程度、料理教室を開いている。最初は、子育てが終わっての時間つぶしのようなものだったが、今では十数人の生徒がいるようだ。

「いくらあるのか教えてくれないのか？」

「また後でね」

ミドリは微笑んだ。その微笑みは、得意げである。今まで家庭は圭史がまがりなりにも支配者であったが、これからは自分であるとでも言っているようだ。

「本当に遊んでいていいんだな」

圭史は念を押した。

「ゆっくりと自分の時間を楽しみなさい。人生100年っていうけれど、実際、75歳くらいまでよ。元気なのは。そうだとすると、私たち、後、残り十数年よ。旅行でもしましょうか」

ミドリは非常に明るい。圭史の退職をもっと不安そうにしてくれると思っていたのに意外である。

2019年に「老後2000万円問題」が起きた。65歳以上の家庭が年金だけで暮らすには毎月約5・5万円の赤字となり、30年間で約2000万円の赤字になるという金融審議会のレポートが発表されたのだ。これが世間に衝撃を与えた。年金だけでは暮らせないと政府がお墨付きを与えたようなものだったからだ。

金融審議会としたら、貯蓄から投資への流れを作りたいと思って、このレポートを出した。超低金利下で、高齢者世帯も金融財産を定期預金だけではなく利回りの高い投資信託などでの運用を検討してほしいと考えたのだ。

しかしまったく裏目に出た。年金が破綻するのか、100年持つ年金だと言っていたのは嘘だったのか等々、世間の批判に慌てた金融担当大臣はこのレポートを封印してしまった。

圭史は、このレポートへの世間の批判の高まりは少し異常であると思っていた。今どき、年金だけで老後を暮らせると信じている人はいるのだろうか。そんな考えは年金が破綻するとかしないとかという問題以前のことだ。老後に向けて、それなりの貯えを準備しておくのが当然だろう。

それにしてもミドリはいったいいくら貯め込んでいるのだろうか。2000万円以上、あるのだろうか？

2

退職してから1週間が過ぎた。

今日、ミドリは、新宿に出かけ、買い物をし、友達と会うと言う。

夕飯は？　と聞くと、朝ごはんを食べたばかりで、もう夕飯のことを聞くなんて「最低！」とミドリは怒った。

「だってさ、何もしないでゆっくりしているって、難しいんだよ」

「困ったわね。ゆっくり休んだらと言ったのは私だけど、あなたって、本当に趣味もなにもなかったのね」

ミドリは呆《あき》れ顔で言った。

「夕飯は俺が作るか」

圭史は言った。

「それはいいことね。じゃあ頼んだわよ」

ミドリは弾んだ声で言い、出かけた。

何もしないというのがこんなにも苦痛であるとは知らなかった。

大見得《おおみえ》切って中村を批判して退職した割には、何かやりたいことがあったわけではない。毎日、会社に行くことで生活のリズムを保っていたのだが、それが無くなると何もないとは……。自分が情けない。ミドリには、多くの友人がいて、料理教室主宰者という立場もある。それらは圭史と結婚した結果、それまでのキャリアを捨て、一から作り上げたものだ。改めて偉いと感心した。

何かしなくてはいけない。たった一週間、家に閉じこもっていただけで圭史には焦りに似た気持ちが沸き上がってきてしまった。

話に聞くと、みずなみ銀行人事部に再就職の相談に行くと、70歳のＯＢでさえ、働き口を見つけてくれるらしい。

しかし圭史の場合、みずなみ銀行人事部に相談するという選択肢はない。当然だろう。自らの意思でみずなみ不動産を辞めたのだから。それも社長を批判して……。

圭史は、ハローワーク、すなわち公共職業安定所に出かけようと考えた。このまま家でじっとしているわけにもいかない。

圭史は、久しぶりにスーツを着用し、ネクタイを締め、駅に向かった。圭史が利用する駅は京王井《い》の頭《かしら》線の高井戸駅だ。ハローワークは終点の渋谷にある。自分に合った仕事が見つかるだろうか？

3

駅のホームに立っていた。左方向から吉祥寺発渋谷行の各駅電車が近づいて来た。圭史の左後方から何かが動く気配がした。その方向に視線を向けた。圭史から2メートルくらい左を赤いリュックを背負った若い小柄な男性が電車に向かって走っていくのが視界に飛び込んできた。電車がホームに入ってきた。その瞬間、男性は、なんの躊躇も迷いもなくヒョイッと電車の前に飛び込んだ。

圭史は、目の前で起きたことが信じられなかった。悲鳴を上げることすらできない。近くに男性客がいた。眼鏡をかけた背の高い30歳くらいの男性だ。

「見ましたか？」

圭史は、彼に聞いた。

「はい」

男性の眼鏡越しの目は見開いたままだ。

夢ではなかったのだ。

電車は目の前で止まっている。飛び込んだ若い男性の姿は電車に隠れて見えない。

圭史は、右手の柱に装備してある非常停止ボタンに手を伸ばし、押した。

ウォンウォンと鼓膜が震えるほどの大きな警報がホームに響く。

スマートフォンを見ながらベンチに座っていた女性が、何事かと顔を上げた。

ホームを掃除していた係の女性が、「飛び込んだのですか？」と聞いてきた。圭史は、

「ええ」と震え声で答えた。

駅員が、息せき切って階段を駆け上がり、強張った顔で圭史に向かって来る。

「ここですか？」

駅員が聞いた。

「はい。この下だと思います」

圭史は電車の下を指さした。自分では覗《のぞ》き込む勇気はない。駅員がホームから電車の下を覗き込む。まだ警報は鳴り続いている。乗客でホームはごった返している。誰もが硬い

表情だ。スマートフォンを掲げて、ホームの様子を撮影している者もいる。

圭史の目から赤いリュックを背負った若い男性の残像が消えない。写真を撮ったかのように電車に向かって飛びこんでいく姿が焼き付いてしまった。

圭史の胸に圧し潰されるような感情が込み上げてきた。

彼が、もしホームで今にも電車に飛び込むぞというオーラを発していたら、止められたかもしれない。ホームの最前列で、何か迷っている様子が見て取れたら、「どうしましたか」と声をかけられたかもしれない。

いや、もし何か、ただごとではない気配を感じたとしても、あのように躊躇なく飛び込まれたら誰にも止められない。それでも圭史は胸が痛んだ。彼を救えなかったのかという思いが、切実に込み上げてきたからだ。

何かできなかったのだろうか。何もできるはずがない。それでも何か……。衝撃的な現場に偶然居合わせたことで、圭史の心はひどく傷ついた。

周囲の騒ぎはますます大きくなる。駅員が必死で電車の下を覗き込んでいる。線路に降りている駅員もいる。遠くでサイレンが鳴り始めた。消防車、救急車、パトカーが駅に向かっているのだろう。

圭史は、この場から立ち去ることにした。目撃者として何か捜査に協力しなければならないのであれば、騒ぎが収まったころ、再び駅にくればいい。

今日はハローワークに行くのは止めよう。

彼は死んだのだろうか？　怪我で済んだのだろうか？　たとえ停車しようとしていた電車であっても、あの車輪の下になれば命はない。死んでしまったに違いない。それにしてもどうして彼はあんなにも躊躇なく、迷いもなく電車に飛び込んだのだろう。圭史は、自宅へと向かいながら、彼のことを考え続けた。どうみても自分の3分の1程度の年齢の若者だ。彼にとって死はなんの意味があるのか。生に、なぜそれほどまで絶望したのか。

圭史は、死を恐ろしいと思うし、今はそのことを考えもしない。

人生100歳時代などと言うが、あれは政府や生命保険会社の陰謀に過ぎないと思っている。元気で生きられるのは、あと10年程度かもしれない。

10年ってすぐに来るだろう。圭史にも死は目の前に迫っているのだ。それを自覚しなくてはいけないということを示すために、圭史の眼前で、彼は自殺したとでも言うのだろうか。

自分には、自殺はとても無理だ、と圭史は思った。死を目前にしても悪あがきを繰り返すだろう。彼は、若くして死への恐怖を乗り越えた。それは絶望の深さと比例するのか。絶望が深ければ、死の恐怖はなくなるのか。しかし、死への恐怖がなければ、死ななくても生の苦痛を乗り越えられるのではないか。否、それは死を真剣に考えたことがない人間の考えだ。反語的だが、死を決意した人にとって死を選ぶことは生きがいなのではないだろうか。彼の躊躇ない、迷いのない死へのダイブがそのことを示唆している気がする。

圭史は、自宅に戻り、リビングの椅子に座って、大きくため息をついた。意識を失いそうになった。気付け薬代わりにウイスキーを取り出した。グラスを取り出し、ウイスキーを注いだ。口に含む。強い刺激が、たちまち口中に広がる。

圭史は、ウイスキーを飲みながら、彼の死について考え続けた。グラスがすぐに空になる。再び、ウイスキーを注ぐ。

辺りが急に暗くなった。どうしたのだろうか。テーブルにグラスを置く。遠くから音が聞こえる。その方向を見ると、暗闇から電車がこちらに向かって来るではないか。

夢か。夢を見ているのだ。圭史は両手で目を強く圧迫する。目を開けると、目の前に電車が来ている。そこに若者がリュックを背負って走ってきた。赤いリュックだ。圭史は、アッと思った。

「危ない！」

圭史は声を発した。

昼間は、声をかけられなかった。そのことを圭史はひどく後悔していた。もし、同じような事態に遭遇すれば今度こそ声をかけよう。そう強く誓っていたのだ。

今、彼は電車に飛び込もうとしている。ここで声をかけ、自殺を思いとどまらせるのだ。彼は止まった。猫背っぽい姿勢で、走る姿そのままだ。赤いリュックを背負った背中を圭史に向けている。電車も止まっている。全てが静止している。彼が、電車に飛び込む瞬間を写真に収めたようだ。

「飛び込むのを止めなさい。死んでしまうぞ」

圭史は言った。

「止めないでください」

やや硬い声だ。こちらを向こうとしない。

「なぜ死のうとするのだ？」

圭史は穏やかに聞いた。興奮させては拙《まず》い。自殺を食い止めるために説得をしなければならない。

「生きている意味が見つからないのです」

彼は答えた。

「君は、まだ若いじゃないか。まだまだこれからだよ。これから探せばいい。きっと見つかるさ」

「おじさんは生きている意味が見つかりましたか？　僕の3倍も生きているのに」

彼が言った。相変わらずこちらを向かない。馬鹿にしているような口調でも、責めている口調でもない。

圭史は、言葉に詰まった。彼が言う通りだ。生きている意味は見つかっていない。なんのために生きているのか分からない。そもそもそんな意味を探そうとしていたかどうかも疑わしい。何も考えずにただ生きてきた。ただ仕事をしてきた。そして今、その仕事も辞めてしまった……。

「でも……でも……死ぬよりいいだろう？」

圭史の説得口調が弱くなった。

「ただ意味なく生きているだけなら死ぬべきでしょう。生きていながら死んでいるのも同然です。いつまで探し続けるんですか。見つかりっこないですよ。生きている意味なんて。動物や植物は子孫を残せば、あっさりと死んで行きます。子孫を残すことが生きている意味だからです。おじさんも役割を終えたのなら死んだ方がいいです。ではお先に行きます」

「まっ、待ってくれ！」

彼の体が動いた。軽く跳躍した。電車が動く。彼の体は電車の中に呑み込まれるように消えた。

「わぁ！」

圭史は思わず叫んだ。電車が自分に向かってくる。止まらない。スピードを増して突っ込んでくるのだ。地鳴りのような音が聞こえる。

「わーっ」

圭史は、再び大声を発し、両手で顔を覆った。

「あなた！」

突然の声に圭史は驚き、目を瞠《みは》った。そこにミドリが呆然《ぼうぜん》とした様子で立っていた。

「ミドリ……」

「あなた、どうしたの？　ドアを開けたら突然、悲鳴が聞こえてびっくりしたわ」

ミドリが心配そうに圭史の顔を覗き込む。テーブルにウイスキーの入ったグラスがあるのを見つけた。

「飲んでたの？」

「ああ、今、そこに電車が……」

圭史は虚《うつ》ろな目でリビングの隅を指さした。

「家の中に電車が走っているわけがないでしょう。酔って夢でも見ていたんでしょう」

ミドリがグラスを片付ける。

「なあ、ミドリ」

圭史はミドリに声をかけた。

「なに？」

ミドリが圭史を見つめる。

「俺は、なんのために生きているんだろうか」

圭史は呟くように言った。

ミドリが口をあんぐりと開け、言葉を失っている。いったい何事か、と圭史の言葉を消化しきれていないのだ。

「あなた、大丈夫？」

「ああ、大丈夫だよ」

圭史は、駅での電車への飛び込み自殺のことを話そうかと思ったが、止めることにした。またあの赤いリュックを背負った彼が現れそうな気がしたからだ。

「ついに来たわね」

ミドリががっくりと肩を落とした。

「そうなんだよ。電車が……」

「何が電車よ。電車は来ません。鬱よ、鬱」

ミドリの表情が険しい。

「鬱？」

圭史が首を傾げた。

「男って本当に駄目ね。あなたにしばらくゆっくりしていたらいいわと言ったけどね。本当に何もしないのね。だからそんな馬鹿げた夢をみるのよ。それって鬱の始まりだと思う。

私、聞いたことがある。ご主人が会社を辞めた途端に燃え尽き症候群っていうのかしら無気力になったって……。それで鬱病になってしまったのよ。やっぱりあなたも何かした方がいいわね」

「俺が鬱病になるって？」

圭史は自分を指さした。

「心配だから、何かしたら？」

「今日、ハローワークに行こうとしたんだ」

「仕事、探そうと思ったのね」

「ああ、そうだ」

「それはいいわね。で、どうだった？」

「駅までは行った……」

圭史は口ごもった。

「ああ、やっぱりだわ。嫌だなぁ」ミドリが体を捩《よじ》って天を仰いだ。「駅まで行ったけど、電車に乗れなかったのね。それってやっぱり鬱なんじゃないのかな。最近、精神科へ行くのは抵抗のない時代になったから、行く？」

ミドリが真面目に聞いた。

「行かないよ。大丈夫だよ。明日、行くから」

圭史は慌てて答えた。このままだと鬱病にされてしまう。

「必ずね。行くのよ。家から出ないとだめ。ああ、男って本当に駄目ね。会社にいる時だけ、元気なんだから」

ミドリは、圭史を見つめ、嘆かわしく、憐《あわ》れむように言った。

男は、組織を離れると急に老け込んだり、意欲が萎《な》えたり、見る影もなくなってしまう。水不足で萎《しお》れた花のようなものだ。水は仕事、あるいはなんらかの社会的役割か。それがないと男は萎れて、腐り、死んで行く。

明日は、なんとしてもハローワークに行こう、圭史は強く思った。

赤いリュックの彼が、生きている意味なんて見つかりっこないと言ったが、探し続けなければならないという気がしてきたのだ。このままでは魂が弱り、衰え、早々《はやばや》と死んでしまうだろう。

4

渋谷駅から公園通りを北に上ったところの建物に目的のハローワークがある。

圭史はネクタイの弛《ゆる》みをチェックし、スーツの裾《すそ》をピンと伸ばし、ハローワークの中に入った。フロアーにはテーブルが置かれている。そのテーブルを囲んで数人の男たちが、その上で書類に鉛筆を走らせたり、パソコンを操作したりしている。

静かだ。誰も一言も発しない。沈黙が支配している。

圭史は、求職カードを取り、テーブルに近づく。テーブルの上には、消しゴムのカスが残っていた。圭史の前に、求職カードを記入した男が残したのだろう。消しゴムのカスを払い、床に落とす。求職カードを見つめ、鉛筆を取り上げる。

さあ、自分に合った仕事、生きる意味を見つけることが出来る仕事に巡り合えるのか。そんなもの見つかりっこないと言った赤いリュックの若者の声が遠くなっていく。圭史の心が熱くなってきた。戦いが始まる感覚なのだろうか。

求職カードに住所、氏名を記入する。出身大学、保有する資格、今までのキャリアなどを記入する。問題は、希望年収だ。

いくらにしようか?

今の年収は約700万円だ。銀行員時代に比べて大幅に減少したとはいえ、サラリーマンの平均年収が450万円ほどだから多い方だろう。

いったい他の人はどれだけの年収を期待しているのだろうか。隣で鉛筆を走らす男の求職カードを覗こうとした。ところが男は、圭史の視線に気づいたのか、求職カードを左手で隠した。

圭史は、軽く舌打ちをする。男が、その音に気付いて、圭史を睨んだ。男は、ネクタイをしていないが、スーツ姿だ。年齢は、圭史より若い。まだ50代だろうか。圭史は、男から視線を外しながら、そんなケチな根性ならいい仕事に巡り合わないぞと心の中で毒づいた。

希望年収は思い切って900万円にした。現在より多く書いたのは、自分の価値を知りたいからだ。正直言って700万円は少ないと思っていた。みずなみ不動産での営業成績は悪くなかった。しかしいくら頑張っても年収は上がらない。地位も上がらない。銀行員時代の序列が反映するからだ。圭史より若くても銀行で役員をしていたというだけでみずなみ不動産では常務や専務となる。これには大いに不満だった。自分の方が、実力があると思っていても銀行員時代の序列に縛られるシステムは変えられない。そこでせっかくの機会だから自分の市場価値を知りたいと思ったのだ。

いっそのこと1000万円と書こうかと思ったが、それはさすがに僭越《せんえつ》だろう。そこで一歩退《ひ》いて900万円とした。

「さあ、書けたぞ」

圭史は、欄を埋めた求職カードを持ち、相談カウンターに顔を向ける。やや難しそうな顔をした相談員と視線があった。こっちに来いと言われているようだ。圭史は、彼に吸い寄せられるように近づく。

「どうぞ」

相談員は無表情に言った。

圭史は、カウンターの前に置かれた椅子に座り、求職カードを差し出す。相談員は、求職カードを受け取ると、しばらく無言でそれを見ていた。

「田中圭史さんですね」

相談員が言った。

「はい」

圭史は答えた。緊張する。

「相談員の皆方《みなかた》です」

彼の胸にネームプレートがついている。それに皆方とある。

「よろしくお願いします」

「はい、よろしく」

皆方は、圭史と視線を合わせようとせず、まだ求職カードを見つめている。ようやく皆方が顔を上げた。その表情は、無表情のようだが、どこか圭史を憐れんでいるようにも見える。

「田中さん」

「はい」

「あなたは人生のゴールをどのように考えていますか？」

圭史は、動揺した。あまりにも思いがけない質問だったからだ。目の前に、あの赤いリュックの若者が現れた。生きる意味なんて見つかりっこない……。

「はぁ？」

圭史は、皆方をまじまじと見つめた。

「人生のゴールですよ」

皆方が再度聞いた。質問の意味が分からないのかと思っているのだろう。

「考えたことはありません」

圭史は、視線を落とし、自信なげに答えた。

「でも64歳になられているんですよね。人生１００年っていいますけど、そんな歳まで元気でいられる人って稀《まれ》ですよ。まあ、せいぜい75歳ってとこじゃないですか。平均寿命は80歳を超えてはいますがね。私も田中さんとほぼ同い年の65歳です。人生のゴールを考える歳でしょう？　そこから逆算して、今、何をするかを決める必要があると思いませんか」

圭史は、皆方の質問に対する答えを探しあぐねた。人生のゴールなんて、いつか人は死ぬという程度しかイメージしていない。

「田中さんの希望年収は９００万円ですね」

皆方が聞いた。人生のゴールの質問に圭史が答えないので矛先を変えてきた。

「はい」

圭史は弱々しく答えた。いったいここへ何を目的に来たのだろうか。自分に合った仕事を探しに来たのではなかったのか。それなのに皆方の質問に追い詰められていく気分がする。

「700万円も得ている仕事をお辞めになった……」

「ええ、まあ、いろいろとありまして……。実は……」

圭史は退職の事情を説明しようとした。

「説明は結構です」皆方は手でそれを制した。「700万円というのはご年齢から考えて、非常に良い給料です」

「はい、まあ……そうですか」

圭史は確認するように皆方を見た。

「そうですかって?」皆方は呆れ顔になった。「そうですとも。失礼ですが、田中さんのご年齢でそんなにたくさんもらっている人は極々《ごくごく》少数ですよ。なぜお辞めになったのですか」

「実は……」

「まあ、いいでしょう。説明は不要です」

再び、皆方は圭史の説明を封じた。説明して欲しいのか、そうでないのか、はっきりして欲しい。圭史は、眉根を寄せた。

「いろいろあったんでしょうね。それで今度は900万円を希望ですか?」

「それは……まあ、実は、事情が……」

圭史は、苦し紛れの表情をし、説明しようとした。

「結構です」

再々、皆方は圭史の説明を封じる。彼は、とことん説明をさせないつもりなのか。

「失礼ですが、50歳を過ぎると1歳年齢が上がるごとに10%、1割ですね。求人が減るんですよ。60歳で10%×10年で100%の求人が無くなります」

皆方が冷静に話す。

「60歳で求人はゼロってことですか」

圭史は驚いた。今、64歳だ。仕事があるはずがない。

「その通りです。田中さんのように60歳を過ぎてもちゃんと仕事があったというのは、大変恵まれておられるわけですよ。大企業に勤務されていた特権みたいなものです。分かりますね」

皆方は念を押した。

「はい。分かります」

圭史は、神妙に答えた。

「すなわち、一般的に言って、64歳で700万円も、もらえる会社はないってことです。ましてや900万円なんてありえません。田中さんの生きがいはお金なんですか？　そんなに高い給料を欲しいのですか？」

皆方の表情が険しくなった。

「お金が欲しいわけではないんですが……」

「それならどうして900万円なんて金額を書いたのですか？　失礼ですが、田中さんは64歳です。人生100年時代とは言いますが、大抵の会社は60歳で定年です。良ければ65歳まで再雇用します。最近は70歳までと言っていますが、年金の支給年齢が引き上げになるにつれて企業の雇用年齢が引き上げられているわけです。ということは年金と合算して、家計を考えてくださいということでしょうね。そんな状況なのに700万円ももらっていたなんて……。どうして辞めたんですか。私が代わりにその会社に入りたいです」

皆方の表情が、完全に変わった。不機嫌そうだ。

「どうして辞めたかと言いますと……」

圭史は、皆方の怒りを収めたいと思った。きっと金の亡者だと思っているのだ。

「結構です。事情は誰でもあるものです。それよりも田中さんは、求職活動は初めてでしょう」

またまた皆方は説明させてくれない。

「はい。初めてです」

「そうでしょうね。この求職カードは全くダメです」

皆方は求職カードを突き返した。

今度は圭史が不機嫌になる番だ。

「どこがダメなんですか？」

「ここに書いてあるのは、あなたの経歴、キャリアだけです。例えば支店長をやっていたのなら、何が具体的にできるのかってことを書くんです。支店長って何をするんですか？」

「人事管理とか営業管理とか、不良債権の処理もしましたね」

「そうであれば例えば会社に入って人事規則、厚生規則などを作れますか？　不良債権処理であれば弁護士と渡り合えるくらいの法律知識はありますか？　営業管理ならリモートにおける部下の管理、育成などはどうですか？」

皆方は畳みかけて来る。

「今、出来るかって言われれば、難しいですが、会社に入ってやれと言われればやりますよ。それよりも私がみずなみ不動産を辞めたのはトップの姿勢が嫌になったんです。それに900万円って書いたのは私の市場価値を知りたかっただけです。お金が欲しいわけではありません」

圭史は、ほっと息を吐いた。やっと少し説明できたからだ。

皆方の顔から怒りが消え、肩を落とした。どうしたのか？

「田中さんはエリートなんですね」

皆方は言った。

「エリートなんかじゃありません」

圭史は否定した。

エリートとは銀行で役員になった中村に言う言葉だ。

「いえ、エリートです。だから自分の市場価値なんかにこだわるんです」

「初めてこういうところに来ました。だから自分の市場価値を知りたいんです。自分がどれだけ社会に役に立つ価値があるか……」

「エリートと申し上げたのは、田中さんのように立派な会社にお勤めだった方は、そういう考え方の持ち主が多いからです。はっきり申し上げましょう。冷たいようですが」皆方は強い視線で圭史を見つめた。「あなたの市場価値はゼロです」

「ゼロ？　ゼロですか？」

圭史は目を瞠った。

「先ほど言いましたね。60歳で求人がゼロになると」

「はい」

「ましてや田中さんは64歳です。求人ゼロの年齢を4歳もオーバーしています。求人があることが市場価値だとすれば、当然、ゼロなのです。マイナスです。それに加えて求職カードを拝見しますと、立派な会社にお勤めになっていたのは分かりましたが、専門的能力はあまりお持ちでないようですね」

「専門的能力ですか？」

圭史は首を傾げた。

「支店長などを経験されていますから、総合的能力はあると思います。でもこれは曖昧なんですね。専門的能力とは、例えば海外勤務をされていて英語など語学に堪能であるとか、コンピューターに精通しているとか、法律や財務の資格を持っているとか、です。即戦力になる能力のことです」

皆方は淡々と説明するが、一つ一つが圭史の胸を突き刺す。確かに英語もできない。コンピューターや法律などの専門的知識はない。そんな部署を経験しなかったからだ。銀行では営業一筋だった。営業は専門性がないのだろうか。

言葉を失い、圭史は皆方を見つめた。暗い目をしていることだろう。

「がっくりさせてしまったようですね。でもこれが現実なのです。考えてもみてください。定年が65歳だとすると、田中さんは1年しか残っていません。そんな人に会社が、お金を使って教育し、戦力になってもらおうと考えますか？　教育し終わったときは、もう定年です。投資が無駄になるでしょう」

「では私はどうすればいいんでしょうか」

現実を見せられ、絶望が深くなる。

「田中さんのような人は多いんです。一流企業で、総合職として働き、ゼネラリストとして力を発揮されてきた。しかしその力は、その会社の中だけで通用する力なのです。だから最初に申し上げましたね。人生のゴールをどのようにお考えかと……」

皆方の口角が引きあがり、にんまりとした。

圭史は、人生のゴールという思いがけない言葉を聞いて、驚いたことを思い出した。

「はい。お聞きしました」

圭史は答えた。

皆方は、突然、厳しい表情になり、圭史を指さし、「頭を切り替えてください」と強く言い放った。その言葉が銃弾のようになって指先から放たれた。銃弾は、まっすぐ圭史の眉間を打ちぬいた。

圭史は、瞬《まばた》きをせず、目を見開いたまま、息を止めた。

「お見受けしたところ明日からの生活にお困りのようには見えません。それならばあなたの人生を市場価値などという金銭的価値で計るのではなく、もっと人間的価値で計ったらいかがでしょうか。田中さんは、多くの経験をされてきたことでしょう。前の会社を経営方針に対する考え方の違いからお辞めになったとお伺いしました。会社は金銭的価値しか認めなかったのでしょうね。それに人間的価値で対抗されたのではないでしょうか?」

皆方は、穏やかに言った。

言われてみればその通りだ。中村の業績至上主義、金を稼がない者は不要だという姿勢に反旗を翻したのだ。中村は、圭史たちの金銭的価値しか認めなかった。

「おっしゃることは良く分かります」

圭史は微笑んだ。自分の理解者がここにいるという印象を持ったのだ。

「ご理解していただけたのなら田中さん、残りの人生は人間的価値を求めましょう。金銭的価値の世界で生きてこられた田中さんの新しい人生です。そこでは田中さんの総合的な能力が発揮されるのではないでしょうか。それを人生のゴールとお考えになればいい」

皆方が微笑んだ。

「分かりました。皆方さんのおっしゃる通りですね。人生のゴールは金銭的価値より人間的価値を求めるべきですね。ありがとうございます。なんだか勇気が湧いてきました」

圭史は、思わず両手を差し出した。それを見て、皆方が気恥ずかしそうに手を伸ばした。圭史は、皆方の手を強く握った。

「ありがとうございました」

圭史は言った。

「頑張ってください。充実した人生を送ってください。ボン・ボヤージュ」

皆方は、仏語で「良き航海を」と言った。

圭史は、もう一度、皆方の手を強く握ると、席を立った。心が浮き立っている。生きる意味を見つけられるような気がした。圭史は、なんども皆方を振り返り、頭を下げながら、ハローワークから外に出た。

圭史は振り返り、ハローワークが入居している建物を見上げた。興奮が急激に冷め始めた。

——あれ？　俺は何を興奮していたのだろうか。人間的価値？　いったいそれはなんだ？　俺には、なんらの市場性も金銭的価値もないという冷徹な答えを告げられただけではないのか。人間的価値などという曖昧な言葉で、皆方に体《てい》よく追い返されただけだったのではないのか。

その時、目の前を何かが走り過ぎた。赤いリュックの若者だ。あっ、彼だ、と思った瞬間に、その姿は人混みに消えた。

生きる意味なんて見つかりっこない……。

圭史は、風邪を引いたように体が震え始めた。

第四章　マラソン

1

「体よく、追い返されたってわけね」

ミドリが声に出して笑った。

「やっぱりそう思うか」

圭史は不服そうに言った。

「相談員さんは、優しい人なのね」

「そうかもしれないなぁ。一瞬だけだけど、勇気づけられたことは確かなんだ」

「それにしても、その相談員さん、本当に上手いことを言うわね。あなたは金銭的価値で計る仕事しかしてこなかったから。なにせ銀行だから、しかたがないけどね。全てがお金に換算されるんだもの」

圭史が勤務していた銀行という社会、その後の不動産会社もそうだが、全てが数字、すなわちお金に換算される世界だった。そこには人間的価値が入り込む余地はなかった。成績が良ければ、給料や報奨金などのお金で報われる。悪ければ、減額される。

しかし、それは銀行や不動産会社だけではない。世の中のほとんどすべての会社、事象は、お金が尺度になっている。スポーツ選手の勝利には賞金で報われ、財布を拾って届けるという善行には、その中身の何割かが拾い主に与えられる。事故で亡くなるという不幸に対してもお金で賠償される。

目的がなんであろうと、お金が一番手っ取り早い評価方法であり、多くの人の納得が得られるのだ。お金に換算することだ。金銭的価値で、この世界は成り立っているのだ。

「何を考えているの？」

ミドリが圭史の顔を覗き込んだ。圭史が急に黙り込んだためだ。

「金銭的価値ではなく人間的価値ってこと」

圭史は答えた。

「お金で計れないことをやればいいということだろうけど、あなたができることって何かな？」

ミドリが首を傾げた。

「横断歩道に立って、お年寄りが来たら介助するとか……」

圭史が言った。

「突然、あなたが『お困りですか』って近づいたら怪《あや》しまれるだけよ」

ミドリが、即座に否定した。

「そうだなぁ。お金で換算されない行為って思いつかない。人間的価値で計る人生を送るってのは、難しい」

「でも難しいってばかり言っていたら、何もならないから」ミドリが話を突然、止めた。そして何か閃《ひらめ》いたように表情が明るくなった。「そうだ。そこに公園があるでしょう」

「ああ、西公園だね」

家のすぐ近くに小さな公園がある。滑り台が一基と砂場、キャッチボールができる程度の広場、そして植林と短い散歩道だ。

「公園の近くにコンビニが出来たせいで昼も夜も、公園で飲んだり食べたりする人が増えたのよ」

いわゆる路上飲みの公園バージョンだ。

「で？　なに？」

「だからね。翌朝、空き缶やスナック菓子の袋なんかが散乱している。汚いなぁと思って……」

ミドリが、圭史を見つめる。もうわかったでしょう？　という顔だ。

「空き缶やゴミを拾えってこと?」

圭史が確認するように聞いた。

「ザッツ・ライト。その通り」

圭史は、籠《かご》を持ち、ゴミを拾う姿を想像した。恰好《かっこう》がいいとは言えない。

「あなた、嫌だなぁと思っているでしょう?」

「分かる? 他に、いいアイデアないの?」

圭史は顔をしかめた。

「あなたのいけないところは、そこよ。すぐに行動に移さないこと。ぐずぐず、じくじくとしてなにかと理由をつけて動かない。社長に反抗したのには驚いたけどね。それは置いといて。公園をきれいにするっていいじゃない。無償の行為そのもの。人間的価値を高めるわよ。あなたは今まで人のお役に立ったことがないんだから、まずやってみなさい」

ミドリは圭史を指さした。

「分かったよ。そこまで言うならやってみる」

圭史は気が進まない返事をした。人の役に立ったことがないとは、ちょっと厳し過ぎるのではないか。銀行でも不動産会社でも、取引先の人に感謝されたことは何度もある。あなたのお陰だと……。しかし、それは相手の役に立つためだけではなく自分の成績を上げるためだったのか。そうではないと否定したいのだが、しきれない思いがどこかにあるのが悔しい。

「火ばさみと分別用ポリ袋を用意するから、早速、明日の朝からね」

ミドリが妙に張り切っている。俺が家から少しでも外に出てくれるのが嬉しいのだろう、と圭史は思った。

「人間的価値で計る行為か……」

圭史は呟いた。

2

早朝、6時、圭史は西公園に来ていた。誰もいない。

公園のベンチの近くに昨夜の公園飲みの残骸が散乱している。ビールの空き缶。コーラのペットボトル。スナック菓子の袋やサンドイッチを包んでいたラップフィルム等など。これではここで遊ぶ子供が可哀そうだ。

圭史は、火ばさみで空き缶やペットボトルなどを摑み、分別袋に収納していく。砂場にはポリ袋が埋まっている。それを掘り出し、分別袋に入れる。

公園の中を歩き、じっくり点検する。灌木《かんぼく》の中にもゴミがある。それらも拾う。想像を巡らすのは、ゴミや空き缶が無くなったきれいな公園で楽しそうに遊ぶ子どもたちの姿だ。

心地良い想像である。

「どう？　ゴミ、たくさんあったでしょう？」

自宅に帰ると、ミドリが言った。

「収穫は、まあまあだな」

圭史は分別袋を見せた。空き缶やペットボトルなどが分別袋の底に溜まっている。

「自分のゴミは、自分で片付けてくれるといいのにね。それは我が家のゴミとして出しましょう」

ミドリの指示に従って、圭史の家のゴミとして分別し、収納した。

「朝ごはんにしましょうか」

ミドリが言った。

「なんだか朝ごはんが美味《おい》しいんじゃないかと思えて来たよ」

圭史は、笑顔で言った。

翌朝も、圭史は早朝の公園に居た。昨日、清掃したにもかかわらず空き缶などが放置されていた。いったいどんな奴がこうした悪さをしているのか現場で懲らしめてやりたい気になったが、トラブルになることは望んでいない。ただ黙々とゴミ拾いを続けよう。人間的価値を求める行為であることは間違いないのだから……。

一週間と数日が経過した。毎日、ゴミが多いわけではない。やはり花金と言われる金曜日の夜の翌朝、土曜日の朝はゴミが多い。

毎日、ゴミがあろうとなかろうと公園に行って清掃作業を続けていると、分かったことがある。みずなみ不動産を退職して、何もすることがなく家に引きこもっていると、朝食が不味かったのだが、今では朝食が美味いのだ。食べ過ぎないように気をつけなければならない。

朝食は、パンにコーヒー、ヨーグルトという簡単なものだ。しかし最近は、これにハムエッグと牛乳が加わった。ミドリも「あなた、随分、活き活きとしてきたわね」と言ってくれる。誰かに認めてもらっているわけではないが、子どもたちが喜ぶ顔を想像することが朝食を美味しくしているのだろう。

「あのう……」

圭史が火ばさみで空き缶を拾っていると、女性が声をかけてきた。40代くらいだろうか。ショートカットの爽やかな印象である。

「はい、なんでしょうか？」

圭史は手を止めた。

「毎朝、公園の掃除をしてくださり、ありがとうございます」

彼女は言った。

圭史は、彼女がわずかに緊張しているのが分かった。誰かに声をかけるのは怖い。相手が何者か分からないからだ。

「いやぁ、たいしたことしてませんよ」

圭史は、わざと照れたように頭を掻《か》いた。

「お陰で、子どもを安心して遊ばせることができます。本当にありがとうございます」

彼女は、深く頭を下げた。近所に住んでいて、この公園で子どもを遊ばせているのだろう。

「いやぁ、そんなことを言っていただけると嬉しいですね」

圭史は素直に喜びを顔に出した。誰も見てくれてはいないと思っていたのだが、彼女は見てくれていたのだ。

「本当は、公園を利用する私たちが清掃しなくてはいけないのに……」

彼女は、申し訳なさそうに言った。

「私は、田中圭史と言います。すぐそこに住んでいます」

圭史は自宅の方向を指さした。

「私は、藤原《ふじわら》美里《みさと》と言います。本当にありがとうございます」

美里は再び、深く頭を下げた。

「そんなにお礼を言われると恐縮してしまいます。実は、長年勤めた会社を辞めましてね。それでやることが無くて始めただけですから……」

「お手伝いさせていただけますか？」

「いえいえ、大丈夫です。もう終わりますから」

圭史は分別袋の口を締めた。

「そうですか……」美里は残念そうな顔をした。「ところで失礼ですが、田中さんは何かスポーツをされておられますか？」

「スポーツ？」

突然の意表を突いた質問だ。「いえ、特にこれと言っては、何も。子どものころ、野球をやっていたくらいです」

「そうですか？」

美里の顔が、わずかにほころんだ。

「なにか？」

圭史には、美里の意図が見えない。

「実は、私たち、ご近所の有志でランニングサークルを作っているんです。それで男性が少なくて、田中さんのような親切な方に参加してもらえないかと思いまして……」

美里は笑みを浮かべた。

「ランニングサークル？」

圭史は警戒した。やはり美里は何か意図をもって近づいてきたのだ。まったく純粋に感謝を伝えたわけではないのだ。

美里は、印象が良い。美人とまでは言わないが、嫌味のない顔をしている。こういう女性を男性に近づけて、ランニングサークルへの勧誘という形を取りながら新手の宗教や投資話に引き込むのだろう。男性が少ないという言い草も気になるではないか。

圭史は眉根を寄せた。純粋な気持ちでゴミ拾いを行っているのを汚されてしまったような不快感を覚えた。

「すみません。初めてお会いして、突然、サークルにお誘いして。怪しいですよね」

美里が苦笑した。

「そんなことはありません」

「無理にお誘いしているわけではないのですが、走るととても心地いいんです。ストレスの解消にもなります」

美里の話に熱がこもり始めた。やはり怪しい。心地いいとか、ストレス解消とか。これはランニングサークルの顔をした宗教団体に違いない。

「そろそろ朝食の時間なので失礼します」

「ああ、ちょっとこれだけ受け取っていただけませんか？」

美里は一枚のチラシを差し出した。勧誘のチラシらしい。

「分かりました。でもランニングには、全く興味はありませんので」

圭史はチラシを握りしめると、美里に頭を下げ、自宅に急いだ。

でもなかなか魅力的な印象だったな。もし本当にランニングサークルだったら、ちょっと素っ気ない態度を取り過ぎたのではないか。心が少しざわめく。

「遅かったわね。どうしたの？」

ミドリが心配そうに聞いた。

「ちょっと変な女性に声をかけられてね」圭史は、「これ」と言い、チラシを見せた。

「なに？」

「ランニングサークルの勧誘を受けたんだ」

「あなたに、ランニング？　100メートルも走れないのに」

ミドリが驚いたような、おかしいような顔をした。

「失礼だな。100メートルくらい走れるさ」圭史は、席に着いた。「公園でいつものようにゴミ拾いをしていたらね。女性が近づいてきて、ありがとうございます、お陰で子どもを安心して遊ばせることができますってお礼を言われたのさ」

「それは良かったじゃないの。美人だった？　鼻の下を伸ばしたんじゃないの」

ミドリは、にやりと笑みを浮かべ、圭史のカップにコーヒーを注いだ。

「そんな助べえ親父《おやじ》じゃないよ」圭史は苦笑した。コーヒーを口に運ぶ。「お礼かなと思って素直に喜んでいたら、ランニングサークルに参加しませんかって。あれ？　って思ったよ。ランニングするとストレス解消になりますよと言うんだ。警戒したね。これは新手の宗教団体か、投資詐欺だなって。毎朝、一人でゴミ拾いをしている孤独な男がいる。ちょっと優しくしてやればコロッと行くと思われたんじゃないのかな。馬鹿にするなと不機嫌な顔をして帰って来た。ゴミ拾いも考えものだな」

「何を言っているのよ。まだ始めたばかりじゃないの。そうやってあなたを見ている人がいるだけでもいいことじゃないの。あれ？」

ミドリがチラシに目を落とし、黙り込んだ。

「どうした？」

圭史は聞いた。

「これよ」

ミドリがチラシを指さした。

「これって、なに」

圭史もチラシを覗き込んだ。ミドリの指がチラシの一カ所をさしている。

「そうなんだ。道理でね」

ミドリが一人で納得している。

「何か教えろよ」

「ここにランニングサークルの主宰者の名前が書いてあるでしょう」

ミドリの指が指している個所に「板垣妙子《いたがきたえこ》」とある。

「それがどうした？」

「板垣さんは、私の料理教室の生徒さんよ。とても素敵な人で、変な宗教の信者じゃない」

ミドリの表情がほぐれた。圭史はチラシの名前をしげしげと見つめた。

「お前の料理教室の生徒？」

「そう、年齢は40代後半かな？　ご主人は、華子が勤務しているみずなみコンピューターシステムの役員さんよ。彼女、ランニングサークルを主宰しているんだ……」

「言われてみれば、サークルの名前がＴＩＴというのもＩＴ企業っぽいな」

「それは違うんじゃない。名前の由来が書いてあるけど、『妙子と一緒に楽しもう』略して『ＴＩＴ』。『楽しく、一緒にトレーニング』でもあるみたい。いい名前ね」

何がいい名前だ。安易に頭文字を並べただけじゃないか。

ミドリの目が輝き、圭史を見つめている。こういう目をした時は、要注意だ。圭史に何かを迫る時の目だ。

「なんだよ」

「あなた、走ったら？　板垣さんなら大丈夫だから」

「走れないよ。運動不足、肥満、中性脂肪、内臓脂肪、コレステロール過多」

「楽しく走れば、健康になるって」

チラシには、楽しくみんなとワイワイ、ガヤガヤ走れば健康になると書いてある。

「ムリ、ムリ、ムーリ」

「何、子どもみたいなことを言っているの。運動習慣のある人って健康寿命が長いのよ。認知症で寝たきりになっても世話しないからね」

健康寿命とは、日常的に医療や介護に依存せず、自立して生活できる年齢のことだ。日本人の平均寿命が延びて、男女とも80歳を優に超えているが、寝たきりではあまり意味がない。そこで健康で、元気で暮らすことを目標にするために健康寿命という考え方が登場してきた。

「でも膝とか痛めたら、どうするんだ」

「やってみてから心配しなさい。あなたはいつも入口で躊躇するんだから。私へのプロポーズだってそうだったでしょう。私が、『はっきりしなさい』って背中を押したからよ。結婚して良かったでしょう」

「何を持ち出すんだ。プロポーズとランニングを一緒にしないでくれ」

つき合ってからも結婚の意思表示をしない圭史に焦《じ》れたミドリが背中を押すと言うより、脅しをかけたという表現が適切である。

「思い出した。板垣さん、元陸上選手だったって言ってた。だからランニングサークルを主宰しているんだね」

ミドリが納得顔になる。

「それじゃあ本格的だな」

圭史は、体育会系の厳しいランニングサークルではないかと想像し、ますます参加意欲を無くした。

「ランニングしているからあんなにスタイルがいいんだ。素敵な人よ。あなた、参加しなさい。私が板垣さんに電話して頼んであげるから」

ミドリは命令口調になった。こうなると厄介だ。

「無理だって……」

圭史は抵抗を試みる。

「あなたを誘ってきたのも素敵な女性だったんでしょう？」

「うん、まあ、そうだな」

圭史は美里の顔を思い浮かべた。

ミドリがにやりとする。

「あなた、恋が始まるかもしれないわよ。老いらくの恋」

「馬鹿言うな。ありえないだろう」

圭史は強く否定する。

「ありえないだろうという回答が何かを期待している感じがする。ありえるかもしれないって」

「怒るぞ」

圭史は強く言った。

「ほら、赤くなった。あなた、正直なんだから」ミドリは笑って「では連絡するね」

「勝手にしろ!」

3

結局、ランニングサークルTITに加入することになった。させられたと言っていい。ミドリが主宰者の妙子に連絡すると「先生のご主人なら大歓迎よ」と大喜びだったそうだ。ミドリも「先生」と呼ばれているのだと、その時、改めて認識した。

ミドリは圭史をスポーツショップに連れて行った。まるで自分が参加するかのように積極的である。ぐずぐずしていたら圭史がやる気を無くす可能性があると懸念しているのだろう。

ショップに行って驚いたのは、ランニング関連商品を並べているコーナーが広く、品揃えが充実していることだ。ランニングを楽しむ人がいかに多いかを実感する。

ランニングウエア、パンツ、そして靴を購入した。

どれもこれも結構、いい値段だ。ミドリは、ちゃんとショップのスタッフの説明を聞いて、良い物を買いなさいよ、と言ったが、質問しているのは、もっぱらミドリである。

余りに安物を身に着けていると、年齢より老けて見えるそうだ。それに「先生」の主人がみすぼらしい姿では様にならないとでも思っているのだろう。ウエアなどを選ぶ際には、関心が無さそうな表情で眺めている圭史を他所《よそ》に、ミドリは何種類ものウエアを手に取って、自分の胸に当てていた。

「これがいい」とミドリが選択したのは真っ赤なウエアだ。

「派手すぎるなぁ」

圭史は渋面《じゅうめん》を作った。

「これくらい派手じゃないと、どこを走っているかわからないじゃないの。それに還暦過ぎてるし……」

「赤いチャンチャンコの代わりかい？」

圭史は一層、渋面を深くした。

「ねえ、これだと、若く見えるわね」

ミドリは圭史を無視して、ショップの店員に尋ねている。

「はい。きっとよくお似合いになると思います」

店員は圭史に笑顔を向けた。

圭史は眉根を寄せた。売るためなら、彼はどんな場合でも笑顔を見せるだろう。

「じゃあ、これいただくわ」

ミドリは圭史の意向を無視して赤いウエアを買った。

「結構、投資したね」

ミドリは満足そうに呟いた。

「靴なんて2万円もしたぞ。こんなに買って、三日坊主になったらどうする?」

圭史は弱気な言葉を口にした。

「三日坊主にならないように投資したんじゃないの。この投資を無駄にしないでね」

*

圭史はサークルの集合場所に来ていた。

水、金、土の週3日が練習日だ。圭史が毎朝、ゴミ拾いをしていた西公園に早朝5時集合なのだ。

圭史は早朝6時からゴミ拾いを行っていたのでサークルの人たちとすれ違いになっていたのだ。おそらく美里は、ゴミ拾いをしている圭史を垣間見たのだろう。それで声をかけてきたのに違いない。

圭史は公園にある広場に所在なげに立っていた。赤いウエアに黒いパンツ、靴はブルー。

なんという色の取り合わせだろうと恥ずかしさでいっぱいである。

入口付近が騒がしくなってきた。数人の男女が公園に入ってきた。ランニングサークルの面々だろう。

細身で顔立ちのはっきりした女性が近づいてきた。その隣にいるのは美里だ。

「おはようございます」

圭史は二人に挨拶をした。

「参加してくださって、ありがとうございます」

美里がにこやかな笑みを浮かべた。

「ミドリ先生のご主人ですね。板垣です」

やはりこの女性がリーダーの板垣妙子だ。顔立ちだけでなく、口調もしっかりしている。

「はい。いつも妻がお世話になっています。田中圭史と言います」

圭史は自己紹介した。

「いえいえ、ミドリ先生の料理は手軽でおいしいのでとても参考になるんです。ランニングサークルTITにご参加くださり、とてもうれしく思います」

「よろしくお願いします。なにせ運動なんてしたことがないので……」

圭史は自信なげに言う。

「そういう人ばかりですから、安心してください」

妙子が言った。

「とてもお似合いですよ。その赤いウエア」

美里が言った。

「ありがとうございます。何を用意していいかわからなかったものですから」

ウエアを褒《ほ》められて圭史は照れた。

「キャップもあったほうがいいですね。熱中症防止にもなりますから」

妙子は言った。

「あっ」

圭史は頭を触った。妙子たちの姿を見て、なにか自分と違うと思っていた。それはキャップだった。妙子も美里も白いランニングキャップをかぶっている。

ミドリはどんな色のキャップを選ぶだろうか。派手な色を選ばれるかもしれないと思うと、気分が滅入《めい》る。

「みなさん、ご紹介します。今日からメンバーになられた田中圭史さんです」

妙子が皆を集めた。皆といっても妙子を加えて5人だ。

「田中です。よろしくお願いします。走ったことはありませんので、足手まといになるかもしれません」

圭史は頭を下げた。

「私から皆さんをご紹介しますね。今日は5人だけですが、メンバーは15人登録してあります。田中さん、スマホをお持ちですか?」

「は、はい」

ランニングパンツに入れていたスマホを取り出した。

「後ほど、ライン交換して、グループに参加してもらいますね。今後の連絡はラインで行いますから。ではご紹介します。こちらから」

妙子は向かって右から紹介していく。

「藤原美里さん。もう、ご存じですね」

「はい」

圭史はうなずいた。

「藤原です。よろしくお願いします」

「新田《にった》慎太郎《しんたろう》さん」

新田は頭に白髪が混じっている。圭史より年長者の印象だ。

「久保田《くぼた》幸子《さちこ》さん」

「久保田です。さっちゃんで、いいですからね」

少し太り気味の女性だ。美里と同じくらいの40代だろう。笑顔が優しそうだ。

「深町《ふかまち》希美《のぞみ》さん」

細身で髪の毛を後ろでまとめている。大人しそうで、なかなかの美形だ。

参加者全員の自己紹介が終わった。くどくどと言わないところがいい。名前は、一度に覚えきれないが、おいおい頭に入るだろう。

「では軽く体操をして、稲荷《いなり》神社まで往復10キロ走りますね」

妙子が言った。

「えっ、10キロ!」

圭史は思わず声を出した。

「大丈夫ですよ。ゆっくり走りますから」

美里がほほ笑んだ。

「しかし……」

圭史は、弱気な表情になった。100メートルも走ったことがないのに……。圭史は暗《あん》澹《たん》たる思いにとらわれた。

4

息が上がってきた。妙子を先頭に美里、幸子、希美、そして新田が続く。圭史は当然、最後尾だ。

大丈夫ですかなどと、誰も圭史に声をかけない。その代わりにスピードが落ちているのがわかる。圭史に合わせてくれているのだ。無言の親切がうれしいと言えばうれしい。

妙子たちは、黙って走っているのではない。二人並んで走っている。お互い楽しそうに会話を交わしている。喋《しゃべ》りながら走っても息が乱れていない。

圭史は、彼らの会話に注意を傾けた。

「ミキちゃん、どう？」

美里が希美に聞いた。ミキちゃんというのは希美の子どもだろう。男の子か女の子かはわからない。

「元気で学校に行ってくれているから、よかったわ」

「うちのタカシはもうすぐ中学なんだけど、普通の中学に入れたいけどね」

美里の表情がわずかに曇った。

「そうね。支援学級じゃない方がね。でも学校に理解があるかしら。いじめられたりしないかな」

希美の表情も曇った。

支援学級の言葉が聞こえた。子どもの具合が悪いのだろうか。

「まあ、いいか。元気でいてくれさえすればね」

希美が笑顔で言った。

「そうね。それが一番」美里がガッツポーズをして、「走れば気分爽快」と言った。

さらに耳を澄ます。

幸子と妙子が話している。

「義母が、夫、夫って大変なのよね。もう50歳にもなるのにね」

幸子が苦笑する。

「いつまでも子離れができないのよ」

妙子が応じる。

幸子の夫と義母の話題だ。

「結婚した時、義母との同居は嫌だって言ったんだけどね。夫に押し切られたことが間違いのもとだわ」

「ご主人、一人息子なんでしょう？」

「そうよ。義母は、離婚して、ずっと息子である夫と二人暮らし。夫を育てるだけが生きがいだったからね」

「一人息子か……。私のところもそうだけど。あまり子どもに執着しないように注意しないとね」

「義母は、いまだに私が作った『味噌《みそ》汁が不味い』って、夫に不満をもらすのよ。ちゃんと出汁《だし》をとっているのにね。いつまで文句、言っているんだ！　もう結婚して20年にもなるんだぞって」

幸子が苦笑した。

「一度、ガンと言ってやったら」

妙子がボクシングのように拳《こぶし》を突き上げた。

「そうね。そうしようかな」

幸子も拳を突き上げた。

幸子は、義母、すなわち姑との関係が良くないのだろう。

どの家も大変だ。圭史はミドリのことを思った。圭史の母はすでにこの世にいないが、ミドリとの関係は悪くなかったように記憶している。母は、圭史とミドリの間に入ってこないようにしていた。気を使っていたからだ。しかし、圭史にそう見えるだけでミドリとはそれなりに緊張関係があったかもしれない。

父が亡くなり、一人暮らしになった母は、高齢になっても施設にはいることを拒否していた。東京から、兵庫県の田舎に暮らす母の面倒を見ることは難しい。認知症などになる前に施設に入ってくれたらと思っていたが、なかなか承諾してくれなかった。

ミドリは、『私がお世話する』と言い、たびたび圭史の実家に帰り、2週間ほど母と同居してくれた。そうしているうちに母の心境に変化が起きた。母が施設に入ることを了承したのだ。圭史のように口先だけで『施設に入れ』と言っても、母の心を解きほぐすことはできなかったのだ。ミドリが、ある意味、自分を犠牲にして母の面倒を見てくれたおかげで、母は申し訳ない、これ以上ミドリに迷惑をかけられないという気持ちに変化したのだろう。

母が施設に入居したことでミドリの介護負担は著しく減少した。たまに施設に顔を出す程度になったからだ。母も施設に友人ができ、ミドリや圭史があまり顔を出さなくても寂しがることはなかった。

母は、認知症になることもなく、圭史とミドリ、そして施設のスタッフ、友人たちに見守られて、静かに眠るように亡くなった。

圭史は、母のことに関してミドリに感謝を十分に伝えただろうか。

幸子と妙子の会話を聞いていて、感謝の気持ちの伝え方が十分ではなかったのではないかと気になった。

最近は、夫の母親の面倒は見ないと、はっきり宣言する妻が多い。それは仕方がないことかもしれない。誰もが長生きになり、妻は妻自身の両親の介護をしなければならないケースが増えているからだ。その上、夫の両親まで面倒を見ることができないのは当然だ。

ミドリの場合、彼女の両親が早く亡くなったこともあり、彼女は、圭史の両親に本当の両親のように尽くしてくれた。その点、ミドリにいくら感謝しても、十分ではないと自覚すべきだろう。

「疲れませんか？」

新田が話しかけてきた。

「はい。でもなんとか」

圭史は荒い息で答えた。

「最初から10キロってきついですけどね。お喋りランって言いましてね。話しながら走ると、いつの間にかゴールに到着しているんですよ。田中さんは、銀行員だったんでしょう？」

「ええ。その後は、関連の不動産会社に勤めていました」

「私は大和《やまと》商事に勤務していたんです」

新田は言った。大和商事と言えば大手商社の一角を占める企業だ。

「大手ですね」

圭史は言った。

「役員までやったんです」

圭史は改めて新田を見た。

ごま塩頭で、髪の毛が硬いのか、ごわごわしている。顔はごつごつとし、頬骨が出ている。頑固そうな顔つきだ。とても大企業の役員だった雰囲気はない。

「それはすごいですね」

「たいしたことはありませんよ。今の社長は、後輩でしてね。仕事はできなかったのですが、私が引き上げてやったようなものです」

たいしたことはないと言いながらさりげなく自慢している。過去の自慢話は、あまり聞きたくない。

圭史は、何も答えず、走り続けた。

「今の大和商事はだめですね。菱光《りようこう》商事に収益で、抜かれてしまいました。かつては圧倒的に差があったんですが、リスクをとって投資しなかったからです」

新田は、過去の栄光に生きているのか。

「役員定年で退職されたのですか」

圭史は聞いた。

「そうじゃないんです」

新田の語気が強くなった。何か拙いことを言ってしまったのかと、圭史は心配になった。

「すみません」

圭史は謝った。

「謝ってもらうようなことではありません。実は、会社を批判して、辞めたんです」

「本当ですか」

圭史は驚いた。

「まあ、人生、いろいろありますなぁ」

新田は感慨深い顔になった。

「どんな批判をされたのですか？」

「聞きたいですか？」

「ええ、聞きたいですね」

「私ね。電気自動車の未来を信じていたんですよ。今みたいにブームになる前ですけどね」

「それはすごい」

「威張る話じゃないですけどね。それで電気自動車のエネルギー効率を上げる技術を持った中小企業に投資しようとしたんです」

「リチウム電池ですか？」

「電池の技術ではないんです。モーターのコイル巻きの技術だったんです。まあ、専門的なことは別にしてですね。本社が投資に反対したんです。私の部下が、その提案を持ってきたんですがね。当時は、電気自動車には可能性はないという役員が多かったんです。私は、投資を電気自動車関連にシフトすべきだと主張しましてね。まあ、部下の手前もありますから」

ちょっと苦笑い。

「わかります。部下がせっかくいい提案をしてきたのに、上の反対でつぶされそうになって……。板挟みってやつですね」

「そうそう、それです。それで私は部下の方について、会社の後進性を批判したってわけです。それが実力専務の逆鱗《げきりん》に触れて、執行役員をクビになったってわけです」

「部下の方は？」

「一緒に辞めましてね。彼は、その支援しようとした会社に入りました。今は、そこの役員になって世界中を飛び回っています。その会社、電気自動車ブームで化けましたから」

「新田さんは、その会社と関係を持たなかったのですか？」

「そんな話もありましたが、断りました。会社を批判して退職して、その批判の原因を作った会社に世話になるのも、どうかと思ったのです。辞めた途端に、体が浮きあがるような心地よい感覚になったんです。田中さんは、ランナーズハイって言葉を知っていますか？」

ランナーズハイとは、継続的な運動によって引き起こされる多幸感のことで、β-エンドルフィンという脳内ホルモンによって引き起こされると言われる。

「経験はないですが、知識としてなら……」

「それみたいな感覚でしたね。解放感というか、なんでもできるぞというような。それで、もう組織に縛られる生き方は止めようと思ったのです」

「わかります」

圭史は答えた。圭史も同様の感覚を覚えたからだ。

「わかってくれますか？　嬉しいな。それでどこにも属さない生き方をすることにしたんです」

圭史は、新田をまじまじと見つめた。老いた自慢屋だと思っていたが、そうではなかった。組織人として苦労を舐めてきた男なのだ。

「実は、私も、この歳になって会社で社長と喧嘩して辞めちゃった口でして。でも新田さんと同じで辞めることを腹の底から決断した時、なんでもできるぞっていう、なんでしょうかね、すごい解放感を味わったんですよ。そうしたらもう二度と会社勤めなんかできるかって気持ちになって……」

圭史は、ちょっとしゃべり過ぎたかと後悔しつつも、新田に笑顔を向けた。

「ですから組織なんかに属さないで残りの人生を生きようと思ったのです。一人で生きがいを見つけてやるって気負ったのですが、この年齢になると、簡単には見つかりませんね。私は67歳ですから」

「私は64歳です」

「生きがいは無理でも、死にがいなら見つかりそうですがね」

新田が口角を引き上げ、皮肉っぽい表情をした。

「死にがいも生きがいも同じことではないでしょうか」

圭史は言った。ふいに赤いリュックの若者が目に浮かんだ。

「そうかも知れませんね。もう先が見えていますから、如何に死すべきかを探すべきでしょうね。だからランニングを始めたってわけです。これ、練習すればするほどタイムが向上するんです。もちろん、若い人には敵《かな》いませんがね。田中さんもせいぜい練習してください。前向きな気持ちになります。一番いいのは、走っていると何物にも束縛されず、自由になれるってことです。この歳になって自由の楽しさ、快感に目覚めました」新田が、話を止め、急に前を指さした。「稲荷神社に着きましたよ。これで半分です。あと半分走れば、終わりです」

「あと5キロですか……」

圭史は、体は疲れていたが、なぜか心地よい。今までの、もやもやとしたものが消えたような気がしていた。

新田が自分と同じように会社と喧嘩して辞め、生きがいを探していることや美里たちもそれぞれ個人的な問題を抱えていることなどを垣間見たからだろう。

幸福な家庭はどれも似たものだが、不幸な家庭は、いずれもそれぞれに不幸であると、ある文豪が言ったが、それぞれ違う不幸も受け止め方によっては幸福とは言わないまでも、笑顔になれるのだ。

彼らを見ていると、そんなことが 腹にストンと落ちる気がする。

圭史は恐らく不幸な顔をしていたのだろう。そんな顔でゴミ拾いをしていたに違いない。多くの不満、憤懣《ふんまん》、やるせなさが顔に出ていたに違いない。自分では意識しなくても世界の不幸を一人で背負っているような気になっていたのではないか。

人生にはどんなことも起こりうる。落とし穴ばかりだ。しかしその落とし穴に落ちて、その中で朽ち果て、骨になるまで、落ちたことを悔やんだり、なぜ落ちたのだろうかと、自分の不幸を呪っても仕方がないのだ。

それらを一度つき離して、いわば相対化する必要があるのだろう。落とし穴の中の暮しも乙なものだといえるくらい余裕を持つべきなのだ。それが自由になるということなのだろう。

稲荷神社の境内に入った。

「田中さん、大丈夫ですか？ あと5キロですが」

妙子が聞いてきた。

「はい、大丈夫です」

圭史は、はっきりとした口調で答えた。

「安心しました。案外、やるじゃないですか」

妙子が笑みを浮かべた。

「田中さん、やりますね」

美里が言った。

「なんだか楽しくなってきました。美里さん、ありがとうございます。誘っていただいて……」

圭史は笑顔で答えた。

「お礼なんか……。私もうれしいです」

美里が晴れやかな顔になった。

「では皆さん、後、5キロ頑張りましょう」

妙子が先頭で走り出した。

陽は上り、圭史の赤いウエアは汗で滲《にじ》んでいる。ゴールの西公園に着くころには、プールに飛び込んだようにぐっしょりとなっているに違いない。

第五章　トラブル

1

「すっかりランニングにはまっちゃったよ」

圭史は、汗を拭いながらリビングに入った。ミドリが朝食の準備をしていた。

妙子が主宰するランニングサークルＴＩＴに入会して、早くも２カ月が経《た》った。常連のメンバーはリーダーの妙子を筆頭に新田、美里、幸子、希美だ。彼らは９月に行われる東京巡りマラソンにエントリーしている。それに向けて練習をしているのだ。圭史も参加するように求められている。妙子は、「この大会は、東京マラソンみたいにガチじゃないから。参加してください。目標がある方がいいでしょう？」と甘い誘い文句を口にする。圭史は、今では参加の方向に気持ちが傾いている。エントリー期限が迫っているので決断するのに時間はない。

常連以外で時々顔を見せるメンバーもいる。男性では三好大輔《みよしだいすけ》、八尾信二《やおしんじ》など。女性では内川《うちかわ》あやの、武部京子《たけべきょうこ》、堀純子《ほりじゅんこ》など。

圭史には、まだどの人が誰だか、十分に識別できない。妙子は、自由に出入りしても良いサークルだからメンバー表を作成したり、会費を徴求するようなことはしない。

「走りたい人が走る。定期的に公園に集まって、楽しく走る。束縛はしない。それでいいでしょう?」

妙子は言った。

圭史は、その方針に賛成だ。何事もきっちりしていないと気が済まない銀行などという職場にいた人間にとっては、TITの緩やかな集まりが、新鮮に感じる。

「シャワー浴びて。それから朝ごはんにしましょう」

ミドリがドリッパーに湯を注ぎ、コーヒーをいれている。リビングに良い香りが漂っている。

「シャワー、浴びるとするかな」

圭史は、浴室に行き、シャワーの栓を目いっぱい開いた。勢いよく水がほとばしり出る。冷たい。だが、心地よい。湯に切り替えようと思ったが、そのまま冷水を浴びる。ランニングに冷水シャワー。健康オタクのような暮らしだ。

仕事は、まだ見つからない。ハローワークに一度、行って以来、仕事探しもしていない。

これでいいのかと不安がよぎることがあるが、ミドリが焦らなくてもいいと言ってくれることに甘えている。

「ああ、気持ちよかった」

ドライヤーで髪を乾かし、ラフな部屋着に着替えて、テーブルについた。

「ねえ、あなた」

向かいに座ったミドリの表情が冴《さ》えない。

「どうした？　気分が悪いのか？」

「そうじゃないの。ちょっとね」

「なにかあったのか？」

「華子のことなんだけどね」

「華子がどうかしたのか？」

「最近、連絡がないのよ。一人暮らしを始めてから、毎日、ラインで近況を知らせてきていたんだけどね。ここ数日、何もないの」

ミドリは浮かない顔を圭史に向けた。

「仕事が忙しいのかな？」

「しばらく行ってないからマンションを覗いて来ようかな」

「まあ、いいけどさ。あの娘も三十路《みそじ》を超えているんだから。心配ないと思うけどね。早くいい人を見つけてくれるといいんだけどね」

「そんなことを言ったら、また嫌われるわよ」

ミドリが苦い笑いを浮かべた。

「まあな、あいつは仕事が恋人みたいだ」圭史は、テレビのスイッチを入れた。「おい、見てみろ」

圭史の大声に驚いて、ミドリがコーヒーをこぼしそうになった。

「みずなみ銀行が、システムトラブルだ」

圭史はテレビの画面を指さした。

ミドリも画面を見つめた。

「ATMが全部停止したのよ。昨日からニュースで騒いでるわよ。知らなかった?」

「ああ、知らなかった。最近、テレビも何もみないからなぁ」

圭史は会社を辞めて以来、世間の情報に完全に疎くなった。関心が薄れたのだろう。新聞は読むのだが、速報性のあるテレビやネットのニュースには触れなくなった。サラリーマン時代には、ニュースの速報性にこだわっていたが、今はそんな必要性を感じない。

「華子から連絡がないのもこれが理由じゃないの」

ミドリが不安げな顔になった。

「そうかもしれないなぁ。みずなみコンピューターシステムに勤務しているから。このトラブルにかかりっきりになっているんじゃないか」

「私、あの娘の体が心配だから陣中見舞いに行こうかな」

「それがいい。きっと徹夜続きだぞ。飯もろくなもん食っていないに違いない」

「それにしてもみずなみ銀行は駄目ね。今年になってこれで何回目のATMの故障なのよ。これじゃ銀行の信頼は、がた落ち」

ミドリが憤慨する。

圭史の携帯電話が鳴った。着信を見ると、新田からだった。

「はい。田中です」

〈新田です。今、よろしいですか?〉

「大丈夫ですよ。朝食を終えたところです」

〈そりゃよかった。ところでちょっと相談があるんですが、今日、会えませんか〉

新田の声は、どこか慎重だった。今朝も一緒に走ったが、その際、相談があるような素振りはなく、いつも通り快活に話していたのだが……。

今朝の話題はゴルフだった。彼は、今、ゴルフに凝っているらしい。商社勤務の時は、付き合い程度だった。ところが退職して入会したまま放置していたゴルフクラブに通うようになった。会社の金ではなく自分の金で誰に気遣うことなくボールを打っていると、何ともいえず気分が爽快になった。それで今では週に一回はゴルフを楽しむようになったと話していた。

圭史も付き合い程度にはゴルフをする。話は、それなりに弾んだ。「ランニングとどちらが楽しいですか」と圭史が尋ねると、「比べられませんね」と新田は笑った。まさかゴルフに行こうと言う話ではないだろう。

「いいですよ。何時に、どこへ行けばいいですか？」

〈10時に駅前のドーナツ店は、どうでしょうか？〉

「ドーナツ店？」

圭史は思わず聞き返した。朝食の後だ。ドーナツは食べられない。

〈嫌ですか？〉

新田は心配そうに言った。

「いいえ、お気になさらずに。コーヒーだけでもあるでしょうから」

〈では、よろしくお願いいたします〉

携帯電話は切れた。

「誰から？」

ミドリが聞いた。

「新田さん。TITのメンバーだよ」

「大和商事の人？」

「そうだよ。執行役員まで務めて、喧嘩して辞めたって人だ」

「あんないい会社をねぇ。もったいないわね」

ミドリが食器を片付け始めた。

「何か相談があるんだって」

「何の相談なの？　聞かなかったの？」

「ああ、遊びじゃないと思うけど」

「どうして？」

「遊びなら電話で済むだろう？」

「なんとなく嫌ね。余計なことに首を突っ込まないでね」

キッチンからミドリの警告する声が聞こえてきた。

「ああ、もううんざりだから」

ミドリが警告するのは、圭史が、頼まれたことを断るのが不得意だと分かっているからだ。相手にいい顔をしたいわけではないのだが、圭史には、どういうわけか厄介ごとを引き受けてしまう人の善さがある。それが圭史の魅力でもあるのだが、今の平穏を乱して欲しくないという思いが、警告に現れているのだろう。

「公園に行って来る」

圭史は立ち上がった。

「よく続いているわね」

ミドリが感心している。公園のゴミや空き缶拾いを継続しているからだ。

圭史は、ゴミ袋と火ばさみを持って、外に出た。

公園に着いた。

早朝の今は、誰も公園にはいない。以前は6時からゴミ拾いを始めていたが、今はランニングの後で行うため、7時過ぎになっている。

「さて、始めるかな」

圭史は、ゆっくりと公園内を歩く。植え込みの中に空き缶がいくつか転がっている。スナック菓子の袋も惨めな姿を晒《さら》している。日本人の公徳心の高さは世界中で称賛されている。サッカーの国際大会で、試合終了後、サポーターたちが大きなゴミ袋を持って、スタジアムを清掃している映像や写真が配信されているからだ。一方で、自分たちの家から身近な場所にある公園にゴミを放置する人もいる。スタジアムを清掃する人と公園にゴミを放置する人、どちらも同じ日本人だ。

大学入学のために初めて東京に来た時、駅には痰壺《たんつぼ》が置いてあった。それに向けて平気でグァハハと喉の奥を鳴らし、痰を吐く人がいた。

また山手線の車内でも煙草を吸う人やゴミをそのままにして席を立つ人もいた。

夜になると、繁華街の隅や工事中のフェンスに向かって立小便をする人もいた。

歩き煙草、吸い殻のポイ捨ても普通だった。

そうした人がいつの間にか少なくなった。痰壺もなければ、電車内で煙草を吸うなんて論外だ。

日本人は、徐々に清潔好きになったのだ。

しかしこうした公徳心の高さは、気をつけていないと、たちまち、がらがらと崩れるかもしれない。

民俗学の本で読んだことがあるが、伝統的な行事である虫追いは、自分たちの禍《わざわい》を、境界線を越えて、隣村に追い払う行事だった。自分たちの村が清潔で病気がなければ、それでいいと考えていたのだ。

それに加えて、なんでも水に流そうとするから、ゴミや廃棄物、汚水をそのまま川に流していた。海はヘドロで臭くなり、川からは魚も消えてしまった。人々は、これではいけないと危機感を覚え、海や川を清掃した。その結果、今では、海も川もきれいになり、多摩川にはアユも戻ってきた。努力しないと、公徳心は維持できないのだ。

圭史は、ゴミを拾いながら「徐々に人間は良くなっている」と明るく考えるようにしていた。圭史が清掃する姿を見て、公園にゴミを捨てようという気がなくなればいいのだ。

「あのう、よろしいでしょうか」

声をかけられ、圭史は顔を上げた。

「はい、なんでしょうか？」

目の前に中年の女性が立っていた。近所では見かけたことはない。

「いつも掃除をありがとうございます」

彼女は言った。

「ええ、まあ、暇なものですから」

圭史は言った。額に汗が滲んでいる。タオルで拭った。

「暇だからってできることではありません。素晴らしいです」

「ところで何か？」

「ランニング、されていますよね」

彼女は探るような目つきになった。

「はい、ランニングサークルの仲間と走っています」

サークルに入会したいのだろうか。

「お恥ずかしい話ですが、夫を参加させていただけないでしょうか？」

彼女は申し訳なさそうに言った。

「えっ、ご主人ですか？　あなたではなくて」

圭史は聞き直した。

「はい、主人なのです」

真剣な目つきになった。

「サークルはウエルカムですが、どうしてですか？　ご主人ではなくあなたが頼まれるのですか」

彼女の様子から、何か事情があるように思われる。

「ちょっと事情がありまして。主人は、今、休職しております」

「お仕事を休んでおられるのですね」

彼女は、夫のことを話し始めた。

夫は色々な会社に派遣され、そこでシステム開発や補修などの作業を担うフリー契約のシステムエンジニアらしい。

「現在、銀行に派遣されているのですが、仕事がハードなのと、システムの進歩についていくために新しい知識や技術を習得するのに疲れてしまったようなのです」

「ご主人のご年齢は？」

「50歳になりました」

「失礼な言い方ですが、そのご年齢なら新しいことを吸収し続けるのは大変でしょうね」

50歳で、システム開発の最前線で働き続けるのは非常なストレスだろう。システムエンジニア35歳定年制などと言われたことがある。それほど日進月歩するコンピューターシステムに対応するのは難しいということだ。若く、柔らかい頭が必要なのだ。

「はい……」彼女は目を伏せた。「それで鬱になりまして自宅に引きこもってしまったのです。お医者様からは、外に出て、運動するのが薬より効果があると言われたのです。しかし、本人が運動音痴なので、どうしようかと思っていたのですが、走るのならなんとかなるんじゃないかと……」

彼女の言う通り走るのは始めるにあたってハードルが低い。競技に出るとか言わなければ、靴さえあれば誰でも出来る運動だ。

「ご本人はやる気があるのですか？　無理やりというのは良くないと思います」

圭史の問いに、彼女は大きく頷いて「はい。本人もやると言っています」と答えた。

「ではリーダーに相談してみます。失礼ですが、お名前は？」

「あっ、すみません。小柳恵子《こやなぎけいこ》と言います。主人は、小柳進介《しんすけ》です」

「私の方こそ自己紹介が遅れましたね。田中圭史と言います。自宅は、すぐ近くです。ところで奥様は一緒に走られないのですか」

「ええ、私は遠慮します。主人が恥ずかしがるといけませんから」

彼女は、照れたような笑みを浮かべた。

「では連絡はどのようにすればいいでしょうか？」

「こちらへ連絡をお願いできますか？　自宅の住所とメールアドレス、携帯電話番号を書いておきました。連絡は電話でもメールでも結構です。よろしくお願いします」

彼女は圭史に名刺を渡した。夫、進介の名刺だ。

りそう銀行システム部基幹システム第2グループサブリーダーの肩書が書かれていた。

「りそう銀行なのですか？」圭史は、名刺と彼女を見比べるように見つめた。「娘が、みずなみコンピューターシステムに勤務しているんです」

彼女の表情が幾分か和らいだ。

「そうなのですか。主人によりますと、システム関連は、本当に大変な職場のようです。みずなみ銀行はコンピューターシステムの大幅な変更をされているのが上手く行っていないみたいですね。お嬢様もご苦労されているのではないでしょうか」

「そうかもしれません。最近、システムトラブル続きですからね」

圭史は、華子のことを思い遣《や》った。

「私としては、焦らず、主人の回復を待とうと思ってはいるのですが、皆さんが楽しくランニングされているのを拝見しまして、もし、皆さんと楽しくご一緒できれば、少しでも良くなるのではと思いまして……」

「分かりました。リーダーに相談して、すぐにお返事を差し上げます」

圭史は明るく言った。

華子と同じシステム関連の職場であることにも縁を覚えた。

「ところでなぜ私に声をかけたのですか？」

圭史は、彼女が自分に相談したことに、ふと疑問を覚えたのだ。ランニングサークルならこのエリアにも幾つもあり、ネットで検索すれば連絡先は容易に分かるからだ。

彼女は、少し戸惑ったような表情になった。どのように答えようかと言葉を探しているのだろう。

「早朝にこの近くを歩いていましたら、田中さんが皆さんとランニングされた後、公園のゴミや空き缶を拾っておられるのを見て、偉いなぁと感心したんです。無心に公園を掃除されている姿がとても爽やかだったものですから。この人なら相談に乗っていただけるかなと思ったのです」

彼女は、言い終えると「失礼しました」と頭を下げた。

圭史は、照れくさく思った。爽やか？　高齢者がゴミ拾いをする姿に使うべき表現ではないように思えたのだ。

「私も会社を辞めて、何もやることがなかったものですから。公園の清掃を始めたんです」

圭史は、言い訳じみたことを口にした。

彼女は、穏やかな笑みを浮かべ、「ではよろしくお願いします」と再び頭を下げた。

「承知しました」

圭史は言い、彼女がその場を立ち去るのを見送った。

ゴミや空き缶を袋に詰め、帰宅した。

「どうしたの？　ずいぶんにこにこしているじゃないの？」

ミドリが帰宅した圭史の様子を見て聞いた。

「俺って爽やか？」

圭史は、自分を指さし、言った。

「えっ？　何言っているの？」

ミドリは唖然とした表情になった。

「今、公園でさ、女性から爽やかって言われたんだ」

圭史はテーブルについてからもにやにやと含み笑いを浮かべている。

「何、鼻の下を伸ばしているの。おじいちゃんが爽やかってわけがないじゃないの。加齢臭の塊《かたまり》なんだから」

「馬鹿にしないでくれよ。本当に爽やかって言われたんだから」

圭史は少し怒った。そして公園で小柳という女性から受けた相談を話した。

ミドリが眉根を寄せた。圭史のように素直に喜んでいない。

「体調が悪い人をジョギングなどの軽い運動で回復させるというのは聞いたことがあるけど、医者のアドバイスなども必要じゃないのかな？　あなた方は、とりあえず大会を目指しているんでしょう？　目的が全く違う人を参加させて大丈夫なの。その人の症状も分からないのに、何かあったら大変よ。責任とれるの？」

ミドリは懸念を口にした。

「君はマイナス思考だな」

「そういう問題じゃなくて。爽やかって言われただけで調子に乗るあなたの軽薄さが心配なの」

ミドリの口調が厳しい。

「まだ、返事したわけじゃない。板垣さんに相談してからさ」

圭史は投げやりに答えた。不愉快さが募ってきた。

2

駅前のドーナツ店に到着した。新田が指定した店だ。自動ドアが開き、中にはいる。

いらっしゃいませ。店員の声がかかる。中を窺うと、奥の席に座っている新田が手を挙げた。

何か注文しないといけないのだろう。圭史は、コーヒーを注文し、それを受け取ると新田のいる席に向かった。

テーブルにはドーナツがいくつか置かれていた。

「申し訳ありません」

新田は座ったまま頭を下げ、「ドーナツ、召し上がってください」と言った。

「ありがとうございます」

圭史は、コーヒーをテーブルに置き、新田の前に座った。相談事とはなんだろうか。わずかばかり不安な気持ちがよぎった。

「田中さんは思いのほか、熱心なので驚きました。最近は、楽に走っておられるじゃないですか」

新田は、ドーナツを口に運びながら言った。

「そんなことはないですよ。まだまだ皆さんに付いて行くのが大変です」

圭史は謙遜した。コーヒーを飲む。

「田中さんなら初マラソンは4時間台で走れると思います」

「えっ、それは無理でしょう」

4時間でフルマラソンの42・195キロを完走しようとすれば1キロ5分40秒から45秒の間を保たねばならない。1キロを6分だと、4時間13分10秒の計算だ。これはさすがに無理だろう。練習中に「スピード！」とリーダーの妙子が掛け声をかけると、全員で一斉にダッシュする。1キロを全速力で走るのだが、5分ちょっとかかる。それでも息が切れる。それより1分長いとは言え、42・195キロをこんな調子で走り抜けることはできない。

「最初はぐんぐん記録が伸びるんですよ。4時間を切るサブ3はちょっと先だとしてもキロ6分30秒では走れるでしょう。それで4時間34分ちょっとですよ。レースになると、アドレナリンがでますからね」

「アドレナリンですか？」

「そうですよ。途中から宙を走っているような心地よさになります」

「それっていわゆるランナーズハイってやつですか？」

圭史は身を乗り出して聞いた。

「まあね、そんな感じですよ。私も一、二度味わいましたがね。脳内麻薬なんでしょうね。どこを走っているのか分からない感じでね。辛くも、痛くも何も無くなるんです。ふわふわって……」

新田は走るのをイメージするかのように腕を振った。

「羨ましいなぁ。私も早く経験したいです」

圭史は新田を見つめた。ランニングの話をするためにここに呼んだのだろうか。そうではないだろう。何か重要な話をする切っ掛けが必要で、冗長な話題を採り上げているのに違いない。

「ところで……」

新田が圭史を窺うように見つめた。いよいよ相談事だ。警戒心で身構える。

「田中さんは、みずなみ不動産にお勤めだったですよね」

新田が確かめるように聞いた。

「ええ、そうですが」

みずなみ不動産に関わることなのか。警戒心が増幅する。

「実は、住宅ローンが返せなくなったのです」

新田が圭史を見つめた。

「えっ、それは……」

圭史は、驚愕《きようがく》し、言葉を呑み込んだ。

「いえ、私じゃないんです」

新田が苦笑する。

驚かすなよ。圭史は、思わずため口が出そうになるのを耐えた。

「それは安心しました」

「私の極めて親しい友人が居酒屋を経営しています。中野ですけどね。彼が住宅を購入したんです。ところが、コロナで……」

新型コロナウイルスが数年にわたって猛威を振るい、世界中で数億人が罹患《りかん》し、数百万人もの命を奪った。日本でも多くの人が罹患し、数万人が亡くなった。

新型コロナウイルスで最も影響を受けたのが飲食業界だ。店を閉めざるを得ず、開店しても営業時間が制限され、酒類の提供も禁止された。まともな営業が不可能となり、多くの飲食業者が廃業、倒産に追いこまれた。新田の友人もその一人なのだろう。

「それでせっかく買った家なのですが、ローンが払えずに苦労しているのです」

「救済措置があると思いますが、銀行に相談されると、利息減免や返済期間の延長などの相談に乗ってくれるのではありませんか」

金融庁は銀行に対してローンの返済に関して柔軟な対応をするように指導しているはずである。

「私も、そう考えて友人にアドバイスしたんです。そうしたら銀行はけんもほろろの対応で……」

新田は圭史を見つめた。何か言い足りなそうな顔つきだ。圭史は不安になった。その銀行はみずなみ銀行ではないのか。

「それは問題ですね」

圭史は言った。

「そう、大問題です」

新田は我が意を得たりというような表情になった。

「それで……私にどんな相談なのでしょうか？」

圭史は、警戒心を解かずに聞いた。

「友人は、4500万円余りの住宅を買い、そのローンが払えずに妻とは今や離婚寸前です。子どもは、まだ3歳ですよ。かわいい盛りでしょう。それで離婚です。全てはこの物件が悪いんです」

新田は強く言い、テーブルにパンフレットを広げた。

それを見た瞬間に圭史は体が震えた。

「覚えておられますか」

新田は探るような目つきで言った。

「ええ……。これは、みずなみ不動産が販売したものです。提携ローンは全てみずなみ銀行の各支店が担当しました。ご友人が購入されたのはこの物件ですか？」

パンフレットはみずなみ不動産が開発した一戸建て住宅団地のものである。横浜市の磯子区にまとまった土地が出たため、それを開発した。「横浜ステイタス」などと耳当たりの良い謳《うた》い文句がならんでいるが、実際は駅から遠く、かなり不便な場所だった。そのため売れ行きは芳しくなく担当が苦労していた記憶がある。

「田中さんもこれを販売されたのですか？」

「いえ、私は担当ではありませんでした」

圭史は、慎重に答えた。

「そうでしたか……」新田は少しがっくりしたような態度になったが、「でもこの物件は問題なんです」と強い口調で言った。

「そうなのですか」

「そうなのですかじゃないですよ。これは詐欺です。友人は詐欺に引っ掛かったのです」

新田の声が店内に響く。

圭史は慌てて「声を抑えてください」と言った。

「すみません。つい興奮してしまって……。でも聞いてください」

「ちゃんとお聞きしますから」

圭史は、眉根を寄せて、新田を見つめた。

「友人は、自分の収入ではとても購入できる金額じゃないと思ったのです。それで販売担当の人に相談しました」

「みずなみ不動産の担当ですね？」

「そうです。そうしたら大丈夫ですって言われたんです。私が上手くやりますから、言われた通りにしてくださいって」

「それで……」

なにやら変な雰囲気になってきた。新田は何を言おうとしているのか。

「すると担当者は、コピー機で、友人の通帳残高を改ざんし、確定申告の書類も同様に改ざんしたんです」

　ちょっと待てよ。それってどこかの地方銀行が行い、世間の批判を浴びた住宅ローンの融資にかかわる不正と同じではないか。

「本当ですか」

　圭史は驚いた。

「本当も何も、友人は結局、ローンを組むことができたんです」

「住宅ローンはどこの支店でお受けになったのですか」

「みずなみ銀行浜田山東支店です。私が手続きに同行してやりましたから……。その時の様子を覚えていますが、支店の担当は黒石《くろいし》とか言いましたね。名刺があります。もう彼はどこかに転勤してしまって、支店にはいません。それで今回、ローンの相談に行ったら、別の担当が現れました。今度は城山亮太《しろやまりょうた》という若い担当者です」

　新田がテーブルに二枚の名刺を置いた。黒石義弘《よしひろ》と城山亮太の名刺だ。

　新田は徐々に興奮し始めている。顔が赤らんできた。怒りからだ。

「その城山が、ローンが返せなければ家を競売しますと言うんですよ。平然とね。住宅ローンなど借りたこともない20代の若者が、私と私の友人に平然と、なんの同情も憐れみもなく、きわめて事務的に言い放つんです。私はテーブルを叩いて店中に聞こえるような声で『この野郎！』と怒鳴り……」

「怒鳴りつけたのですか」

「そんなことはしませんよ。私は大人ですからね。そういう気持ちになったということです」

「競売してもローンの残債は残ります」

圭史は努めて冷静に言った。

「私は聞いたんです。家を売れば、それで何もかもチャラにしてくれるのかってね。すると奴は薄笑いを浮かべて、ノンリコース・ローンではないので、それは無理です。そんな甘い言葉で任意売却を促す詐欺師が横行していますから注意してください。そう言うんです。アドバイスはそれだけですよ。馬鹿にしていると思いませんか」

ノンリコース・ローンとは担保にしている物件を処分して返済に充当すれば、それで債務関係を消滅させる契約だ。その反対がリコース・ローンで担保を処分しても残債は残るというものだ。

住宅ローンの返済に窮した人に近づく詐欺師は多い。債務を肩代わりするとか、銀行との交渉を代行するとか、家を任意売却して債務に充当すれば残債は免除になると言い、安く家を買い叩こうとする。城山は、そんな輩《やから》に注意しろと言うのだろう。しかし、自宅の競売を迫る銀行側が債務者にするアドバイスではない。城山の態度は、債務者に寄り添っているとは言い難い。新田は、話せば話すほど、怒りが増幅するのか、声が徐々に大きくなる。圭史は、周囲に気を配りながらも黙って聞いていた。

「私は、怒りを抑えて、書類の改ざんの事実を伝えたのです。このローンは詐欺だってね。すると城山は突然、目を白黒させましてね、そんなことはありません。ちゃんと手続きを踏んでいますと言い訳したのですよ。私は、でもおかしいでしょう。友人の収入ではこんな価格の家は買えなかったはずだ。こちらに住宅ローンの書類の控えがある。そちらに保管してあるのと比較しましょう、そしたら改ざんしているのが分かるから、とね」

「それで、どうなりました……」

圭史は聞いた。新田の話が事実だとすれば、問題は大きい。

「城山は引っ込みました。すぐに課長が出てきて……」

新田は、バッグから名刺を探し出し、テーブルに置いた。

水上正人《みなかみまさと》という名刺だ。テーブルに黒石、城山、水上と三枚のみずなみ銀行行員の名刺が並んだ。とっくに退職した立場なのだが、新田から断罪されているような気がする。

「課長はどんな対応を？」

圭史は恐る恐る聞いた。

「帰れと言わんばかりの対応です。言いがかりはよせってね。それで私と友人は覚悟を決めたのです。マスコミに、みずなみ銀行の非道さを告発しようって。住宅ローンの実績欲しさにみずなみ不動産と結託して、書類を改ざんし、無理やり住宅ローンを組ませた。その事実を認めようとせず、債務者を愚弄しているってね」新田は、どや顔になった。「今、みずなみ銀行はATMの故障など不祥事続きでしょう。世間から叩かれている。今なら叩き時だというのが私と友人の一致した意見です」

「マスコミに話すのですか？」

圭史は念を押すように聞いた。

新田の言う通りみずなみ銀行は現在、不祥事を連発している。もし新田が、友人の住宅ローンのことを詐欺だと告発すれば、話題になる可能性は高いだろう。叩き時だという姿勢には違和感を覚えるのだが……。

「マスコミは飛びつくでしょうね。みずなみ銀行で、今度は住宅ローンの不祥事発生ってね。マスコミに話すぞって、あの非情な水上課長や私たちを小馬鹿にした城山に言えば、どんな顔をするでしょうか。大慌てして、何とか穏便に事態を抑え込もうと、対応が変わるかもしれません」

新田は含み笑いを浮かべた。

圭史は、しばらく考え込んだ。

マスコミに訴えたとして債務者に有利に働くだろうか。かえってみずなみ銀行の姿勢が頑《かたく》なになるのではないだろうか。

「この作戦、どう思われますか？　田中さんは？」

新田が、圭史の返事を促す。

「どうですかね。マスコミを利用するのは？　銀行の態度が変わるでしょうか？　かえってマイナスになりませんか？」

圭史の発言に新田の表情が強張った。

「やはり田中さんもみずなみ銀行のＯＢだから、銀行の弁護をするのですか」

新田の発言に棘《とげ》が混じっている。

「そんな、そんなつもりはありません」

圭史は強く否定した。

「田中さんにも責任を感じてもらいたいな。そう思って今日、相談しているのですから」

「えっ、私、私に責任があるのですか？」

「だってみずなみ銀行、みずなみ不動産のＯＢじゃないですか。その二つの大企業に苦しめられている庶民を助けようという気持ちになってもらいたいのです」

新田の表情が冷静になった。

「そりゃ、同情しますよ。でも私には……」

なんともしようがないという言葉はうやむやにした。

「なにもできないっていうんですか。そんなことはないでしょう。せめてみずなみ不動産に働きかけることくらいできませんか」

新田の声に再び怒りがこもり始めた。

圭史は、眉根を寄せた。

「みずなみ不動産の担当者は誰でしたか？」

圭史は眉間に皺《しわ》を寄せた。

「ようやく名前を聞いてくださいましたね。みずなみ不動産の担当者に、友人の住宅ローンをなんとかしろと言ってくださいますよね。もし言って下さって、それが上手く行けば、マスコミに告発するのは止めます」

新田の表情が緩んだ。

「その担当者が、私がよく知っている者なら、ご友人の住宅ローンについて聞いてみることが出来るかもしれません。結果は保証できませんが……」

圭史は追い詰められた。逃げ場が無くなり、新田の要求に応じざるを得なくなってしまった。

新田が、最初にみずなみ不動産の担当者の名前を言わなかったのは、彼なりの意図があったのだ。圭史は、みずなみ銀行よりみずなみ不動産との関係が深い。直近まで勤務していたのだから当然のことだ。そこで影響力を行使できるのはみずなみ不動産の方だと考え、圭史が尋ねざるを得ない心境になるまで担当者の名前を伏せていたのだ。

新田は、バッグの中に手を入れ、名刺を摑むとテーブルに置いた。

「この人です。とても親切だけど、調子が良い人だったと友人は言っていました」

圭史は、その名刺を見た瞬間に表情が凍り付くのが分かった。それは福島幸雄の名刺だった。

「お知り合いですか？」

新田は圭史の表情の変化を見逃さなかった。

「ええ、まあ……」

圭史は曖昧に答えた。

「そりゃ良かった。期待できますね。よろしくお願いします」

新田は嬉しそうに言い、店員にコーヒーのお代わりを頼んだ。

圭史は憂鬱の海に沈んでいく感覚を味わっていた。

どうして何もできないと突っぱねられないのだ。人がいいのか、優柔不断なのか。情けない。

こんなことになるならランニングサークルTITに加入しなければ良かった。しかし後悔しても、もう遅い。新田は、安心したかのように笑みを浮かべ、二杯目のコーヒーを味わっている。

「ところで、ご友人のお名前を教えていただけますか？　必要になると思いますので」

圭史は言った。

「いいですよ。友人の名前は新田和久《かずひさ》です」

「えっ、新田……」

圭史は意表を突かれたように驚き、言葉を失った。

「実は、友人と言っていましたが、息子なんですよ。最初から息子のことで相談なんてちょっと恥ずかしいような気がしましてね。申し訳ありません」新田は悪びれることなく言い、頭を下げた。「この残った遠慮の塊のドーナツ、頂いてもいいですか?」

「どうぞ、どうぞ」

圭史は、顰め面で言った。

自分の息子の住宅ローンの問題の相談だったのだ。だからこれほど真剣だったのだ。上手くしてやられたという気になり、圭史は不愉快になった。

新田は、圭史の思いなど、まったく忖度《そんたく》せずに大きな口を開け、ドーナツを頬張った。

3

いったいどうしたものかと思いつつ、帰宅した。

「ただいま」

返事がない。

ミドリは出かけたのか。そう言えば、華子のことが心配で、様子を見て来ると言っていたことを思い出した。

嫌な予感がした。悪いことは重なるというではないか。ミドリも何かトラブルの種を持ち帰って来るのではないだろうか。

会社を辞め、誰にも干渉されることなく、平穏に暮らしたいと思っていたが、なかなか思うに任せないものだと、圭史は深くため息をついた。

第六章　トラブル続き

1

夕食の後、圭史はリビングで酒を飲むことにした。

圭史はサイドボードからジンを取り出した。最近、流行のジャパニーズクラフトジンだ。ジンは、大麦などを原料に造られる蒸留酒だが、唯一のルールはジュニパーベリーで香りづけすることだけだ。そのため日本の各地で、その土地の果実などを使ったクラフトジンが造られるようになった。ジンは、冷やして飲むと、体の熱を取ってくれる感じがする。夏に最適の酒だ。

桜の花の香りがすると、宣伝文句にあったが、さてどうだろうか。

グラスに氷を入れ、ジンを注ぐ。鼻を近づけると、ほのかに甘い香りがする。桜の花の香りを嗅いだことがあっただろうかと思ったが、桜餅を想起させるような優しい甘い香りが鼻孔をくすぐる。ジンのアルコール度数は40度以上だが、口に含んでも全く舌を刺激せず、まろやかな甘さが口中に広がる。

これはヤバい。飲み過ぎる。特に、今日は新田から彼の息子の住宅ローンの問題の相談を受けたため、気分が落ち込んでいる。この気持ちを晴らすためにもアルコール度数の強いジンを飲むことにしたのだが、飲み過ぎは良くない。

福島は本当に書類を改ざんして、住宅ローンを実行したのだろうか。

いずれにしろみずなみ銀行の浜田山東支店がもう少し親切な対応をしていれば、新田親子ともめずにすんだものを馬鹿な銀行員たちだ。

本当に、新田がマスコミにこのことを話せば、マスコミはスキャンダルとみて、喜び勇んで飛びつくに違いない。そんなことになれば、システムトラブルで落ちたみずなみ銀行の評判はさらに落ちるに違いない。

「面倒だな」

圭史は、独り言《ご》ちた。

新田の顔が浮かぶ。まるで住宅ローンの問題は、圭史の責任であるかのような、嫌みな表情だ。

マスコミに言いたければ、言えばいい。自分が、出て行ってもめ事を収めようとしなくてもいい。義務も責任もない。既に、みずなみ銀行もみずなみ不動産も退職してしまっているのだ……。それなのにどうして自分が責められているような気になるのだろうか。

古巣への愛着？　それとも新田の笑みに込められた嫌味さへの対抗なのか。どうせお前にはなにもできないだろう。期待して頼んだのが馬鹿だったよ、とでも言いたげだった。

しかし……まてよ。もし本当に福島が不正をしているのなら警告してやらねば大変なことになりかねない。たとえマスコミの記事にならなくても、新田がみずなみ不動産に苦情を持ち込んだら、あの人間味のない社長の中村のことだ、福島の退職金を支給しないなどと言い出すだろう。

ジンのボトルの中身が、いつの間にか半分になっていた。明らかに飲みすぎ。

寝るか。

椅子から立ち上がった。

ううん？　足元がふらつく。体が揺れる。酔ったか？　椅子の背もたれを摑もうと、腕を伸ばす。

あれ？　摑めない。膝が折れた。目の前が急に暗くなる。その時だ。心臓が飛び出るかと恐怖に駆られるほど強く打ち始めた。鼓動が耳に響く。膝が、がくりと床についた。慌てて両手を出そうとしたが、伸ばしたまま強張り、顔からうつぶせに床に倒れ込んだ。床で顔をしたたかに打った。痛い。しかし心臓の鼓動が、床を振動させるほど強く、息ができない。

いったいどうしたのだ？

寝室にいるミドリに助けてもらおうと声を出そうとするが、口は開くのだが、声が出ない。それならばと腕で床を叩こうとするが、やはり強張ったままピクリとも動かない。両手、両足がピンと伸び、突っ張ったまま固まってしまった。心臓は、さらに速く、強く打ち出した。

死……？　死ぬのか？

死ぬときってこんなものなのか。誰にも知られず、誰にも気に留められず、突然訪れる死。

人にも他の生物にも、死は平等に訪れる。遅いか、早いかの差だけだ。何かの本で人の肉体はＤＮＡを運ぶ船に過ぎないと書いてあるのを読んだことがある。

圭史は、自分の人生を振り返った。平凡で、何も自慢することはない。しかし子供も孫も授かった。自分のＤＮＡは少なくとも次世代、次々世代に繋《つな》がった。その後はどこまで繋がるかはわからない。ひょっとしたら地球が滅びる時まで繋がるかもしれない。たいしたＤＮＡではないが、それでもＤＮＡは絶えずいろいろな干渉に晒されているらしいから、良き、優秀なＤＮＡに変化し、地球を救うかもしれない。

ああ、死に臨んでくだらないことを考えるものだ。心臓が飛び出そうとするほど強く、速く打っている。見苦しく死ぬのは本意ではない。圭史は、瞼を閉じた。眠るように死んでいきたい。

なんということだろうか。真っ暗な闇の中を猛スピードで落下していく。体は強張ったままだ。あまりの落下速度の速さに恐怖を感じ、圭史は瞼を開こうとした。しかし開かない。もはや諦め、身を委ねるしかない。地獄へ落ちるということはこういうことなのだ。いったいどこまで落ちて行くのか。

あれ？　急に軽くなった。ふんわりと浮いた。てっきり暗闇の地面にたたきつけられ、粉々になってしまうだろうと想像していたのだが……。

圭史は目を瞠った。自分の体が白く輝き始めたのだ。否、違う。体が輝いているのではない。白い光の川の中にいるのだ。見上げると、その川はずっとずっと上空の高みに続いている。いつの間にか、圭史はその白い光の川の中を上空に向かって飛ぶように進んでいた。

地獄に落ちると思っていたのだが、その逆で白い光の川は天上界に繋がっているのかもしれない。圭史は両手、両足を伸ばし、まるでスーパーマンのように川を上っていく。

周囲に何か見える。オフィスだ。多くの人たちが仕事をしている。このオフィスには記憶がある。みずなみ銀行の本店のように思える。街がある。初めて勤務した大阪、梅田の雑踏のようだ。あの雑踏の中をミドリの手を握り、歩いたことを思い出した。

人は死ぬ前に走馬灯《そうまとう》のように人生を振り返ると聞いたことがある。死んだ人間から話を聞いた者などいないはずなのに、どうしてそのような話が信じられているのだろうかと疑問だったが、それは事実だったのだ。今、自分が見ているのは自分の過去だ。

いったいどこまで上っていくのか。この白い光の川はどこまで続いているのか。一旦は地獄に落ちようとしていたのだが、誰が天国に導いてくれているのか。

あれは？

赤いリュックを背負った若者が見えた。今にも電車に飛び込みそうだ。待て！　待つんだ！　早まるな！　圭史は声なき声で叫んだ。若者は、圭史を振り向くこともなくぴょんと地面を蹴った。そして消えた。生きる意味なんて見つかりっこない。あの若者は、以前、圭史の夢の中で囁いた。今回も同じことを圭史に伝える気なのか。

確かに、意味のある人生だったかと言えば、それほどでもないかもしれない。しかし、平凡ではあったが、それほど悲観的になる人生でもなかった気がする。悪くはなかった。誰にも迷惑をかけることもなく、大した嘘もつかなかった。それでいいんじゃないのか。赤いリュックの若者よ。

目の前に何かが見える。白い光はそこから発せられているのだ。ぼんやりと形を現してきた。

えっ、嘘？

目の前に現れたのは座禅を組んだ仏だ。奈良の東大寺にある大仏そのものだ。顔ははっきりと見えない。しかし背後から金色の光を放っている。後光だ。その後光にくっきりとかたどられているのが大仏の姿なのだ。

白い光は、その眉間の白毫《びゃくごう》から発せられている。圭史はどんどん大仏に近づいていく。そしてその白毫の中に吸い込まれた。

うっ。

小さく息を吐いた。瞼が開いた。警戒しつつ周囲を眺める。いつものリビングだ。

夢か……。

でも夢にしては不思議だった。あまりにも感覚がリアルだった。圭史はうつ伏せの体をくるりと回転させ、仰向けになると、体を触った。あれほど速く、強く打っていた鼓動は、何事もなかったように正常になっている。

生き返ったのだ。

あの夢はいったい何を示唆しているのだろうか。

いずれ死ぬということを教えてくれたのだろうか。

分からない……。ミドリには黙っていよう。話しても馬鹿にされるだけだ。

圭史は、ゆっくりと体を起こし、寝室に向かった。眠るのが怖くなったが、あんな夢は何度も見ないだろうと思い直した。

寝室のドアを開けるとミドリの静かな寝息が聞こえた。

2

なぜあんな夢を見たのだろうか。命が尽き果てようとしているのだろうか。実家は真言《しんごん》宗《しゅう》だったが、圭史は、特に信仰があるわけではない。

そもそも死などというのは、若い頃は考えたが、年齢を重ねるにつれて考えなくなった。命が最も燃え盛る10代の頃が、皮肉にも最も死について考え、死からの誘惑も強かったと思う。

夢の意味が、わからない。死の準備をしろというのか。あるいはどこか体の中に異変が起きているのか。

「あなた、どうしたの？　顔色が冴えないわね」

ミドリがコーヒーを運んできた。

「そうかぁ……」

圭史は、頬に手を当てた。

「面倒なことを頼まれたんじゃないの。あなた、人がいいから。少しは断るとか、悪い人になった方がいいわよ」

ミドリは、圭史の前にコーヒーを置き、自分のコーヒーを飲んだ。

新田の依頼は確かに面倒なことだ。あっさりと断ればよかったと今になって反省している。その後悔があんな夢になったのだろうか。赤いリュックの若者も登場してきたことを考えると、心にわだかまりがあるから体が強張ったり、おかしな夢を見たりするのだろう。

「せっかくストレスフリーの生活を始めたところだからね。変なことに首突っ込まないでね」

「わかった。そうするよ」

「今日の予定は？」

「今日か……、新田さんに会うことになっている」

新田が、息子に会って直接、話を聞いてほしいというのだ。それも受けてしまった。

「新田さん？　この間も会ったんじゃない？」

ミドリが眉をひそめた。

「まあね」

圭史も表情を曇らせた。

「その新田って人に会ってから、あなた、暗いんじゃないの」

「心配するな」

圭史は、コーヒーを飲み干した。

「あなた？　料理しない？」

ミドリが聞いた。

「料理？　なんで？」

唐突な質問に圭史は首を傾げた。

「なんでってことはないでしょう。私、料理の先生なのよ」

「お前の生徒になるわけ？」

「そうよ。おかしい？」

「おかしくはないけど？」

圭史は考え込むような表情になった。

ミドリが笑う。

「何かおかしいか？」

「料理をすることにそんなに深刻な顔をするからよ。私の教室で、少し勉強すれば、自分で料理ができるようになるわ」

「でも、お前が料理を作ってくれているじゃないか」

圭史は、再び、意味不明という顔をミドリに向けた。

ミドリが真面目な顔で「いつまでもあると思うな、妻の手料理」と言う。「あなた、今、仕事していないでしょう？　こんな時にいろいろな事態に備えて準備しておくべきなのよ。私がいなくなったら、ご飯一つ炊けないでしょう。それじゃ絶対に困るでしょう」

「お前、いなくなるのか？」

圭史は不安そうに言う。

「いなくならないわよ」ミドリは呆れたという顔になった。「もしもの時よ。私だって、どんな運命が待っているかわからないでしょう？　突然、死んだりしたら、たちまちあなたが困るから、今から準備してあげようと思うの。まあ、そんな深刻なことではなくて、私がどこかへ旅行でもしたら、一人で困るでしょう？」

「お前、死ぬのか」

圭史は、表情をこわばらせた。昨夜の不思議な夢が蘇《よみがえ》る。

「ははは」ミドリが乾いた笑いを洩《も》らす。「死なないわよ。例えばってこと。ランニングもいいけど、せっかく私が料理教室を開いているんだから、教えてあげるって言っているだけよ」

圭史は、ミドリの顔をまじまじと見つめた。

「俺のことを心配してくれているわけね」

「そうよ。男の人も、老人の域に入れば、何でも自分でできるようになっていないと、ものすごく不便なのね。今の若い人は、子育て、掃除、洗濯、料理、なんでも夫婦で分担しているから、何があっても困らないのよ」

「そんなことだから離婚が多いんだな」

圭史はようやくミドリの意図が分かり、皮肉を言った。会社を辞め、無為徒食で過ごされてはたまらないとばかりに、料理から始まり、掃除、洗濯ほか家事全般を分担しようという魂胆なのだろう。

「離婚と家事の分担は関係ないでしょう」ミドリが不満そうに言った。「どうなの？　私の教室に参加する？」

「参加させていただきますよ」

圭史は、投げやりに言った。こんなことで逆らっても意味はない。

「じゃあ来週の月曜日ね。時間は連絡するから。楽しいわよ。板垣さんもいるからね。じゃあ、私は、出かけるから」

ミドリは席を立った。

「えっ、今日、出かけるの？」

ミドリは、振り返りざまに「言ってなかった？　生徒さんとデパートに行くのよ」と言った。

「じゃぁ、俺一人？　昼は？」

「冷蔵庫にパスタを作って入れてあるから、それをチンして食べて。だからね、料理、習った方がいいでしょう」

ミドリは、愉快そうに片目をつむると、自室に入った。今から出かけるために着替えるのだろう。

上手くしてやられているな。ミドリは、老後のために圭史の再教育を試みているのだ。行ってきますの声を残して、ミドリが出かけると圭史は一人になった。

ミドリが明るいのは、心配していた長女の華子が何事もなかったからだろう。

華子から連絡がないと気にしていたミドリは、華子が一人住まいをするマンションに訪ねて行った。

どうだった？　と聞くと、忙しくて残業が続いて連絡できなかっただけみたいね、と言った。

みずなみ銀行のシステムトラブルで、みずなみコンピューターシステムに勤務する華子には過重な仕事が降りかかったのだろう。

親としては、華子が30歳をとっくに過ぎて独身でいることも気がかりではある。

ミドリは、娘といつまでも親しい友人のように付き合うことができるので、独身でいいんじゃないと言っているが……。

確かに結婚が女性の幸せの全てだとは思わない。不幸な結婚は世間にはいくらでもある。それでも長女、華子にいい相手が現れないかと気にかかるのは、父親としてしかたがない。

新田の息子と会うのは、10時だ。この間、新田と会った駅前のドーナツ店だ。

テレビのスイッチを入れる。ニュースワイドショーが映った。お笑いタレントが司会をしてニュース解説をしている。

専門家がタレントの質問に答えて、北朝鮮が最近、日本のEEZ（排他的経済水域）近辺に立て続けにミサイルを撃ち込んでいることについて解説している。

北朝鮮のことについて、そんなに詳しく知っているなら、拉致《らち》された人を取り戻してこい、少なくとも彼らがどうなっているか、少しくらい情報を提供したらどうだ。怒りともいえる感情が沸き起こり、ぶつぶつと愚痴めいた言葉が口から次々と出て来る。

何もすることがなくてぼんやりとテレビを観ていると、独り言が多くなると退職した先輩が言っていたことを思い出す。先輩は、一日中、誰とも話さない日が何日もあることに驚くと言う。気が付くとテレビとだけ話している。圭史の今の状況である。

あるネット評論家が話していたが、インターネット上で他人を誹謗中傷したり、超右翼的な書き込みをしたりするのは若者ではなく、何もすることがない中高年や老人が多いらしい。分かる気がする。彼らは認めて欲しいという承認欲求はあるものの、卑怯《ひきょう》にも自分の存在はひた隠しにしたいのだろう。社会的な存在では無くなったにもかかわらず、未《いま》だに自分は影響力があると信じたいのだ。

ばかばかしい。そんな連中とは同列に並ばないぞ。

圭史は、北朝鮮の状況についての解説を聞きながら、また独り言を言った。やはりランニングだけではなく料理も学ぶ必要があると思えてきた。老後こそ、再び学びの時なのかもしれない。

約束の時間が近づいた。気が進まないが、新田の息子に会いに行こう。

3

テーブルにドーナツ1個とコーヒーがある。圭史が自分で買ったものだ。

目の前には、新田と息子である和久が座っている。

和久は、頭髪をサムライのように後ろで束ねている。顔は色黒だ。サーフィンかゴルフで焼けたのだろうか。新田に目元あたりが似ていると思われるが、新田よりも全体的に崩れた印象だ。

「本当にひどいんです。田中さんが勤務されていたみずなみ不動産の福島幸雄さんです。ご存じですよね」

和久は、マグカップに入ったコーヒーを飲みながら、圭史の表情を窺うように見ている。わざわざ圭史が勤務していたことを強調するのは、圭史にも責任の一端を負わせようとしているのだろう。

「ええ、まあ」

圭史は曖昧に答えた。

「あの人、見た目は、穏やかでいい人のように見えたのですが、しつこく家の購入を勧めましてね。いやぁ、うちの店の客だったんですよ。お客さんでしょう？　それで仕方なく話を聞いたら、とても僕の手に入るような金額じゃない。頭金だってないですからね。親父……」

和久は新田をちらっと見た。新田は、その視線を感じたのか、なぜかうつむいた。

「店を出す時に親父に随分出資してもらいましてね。その上に家の頭金まで頼むのはちょっとね」

和久が表情を崩した。だらしない印象だ。笑っているのか、悔やんでいるのか分からない。

圭史は、ドーナツに手を出した。和久が一方的に話すのを黙って聞いている。

和久が中野に居酒屋を出店するにあたって新田は資金を提供した。そのため老後の資金不足に陥っている可能性がある。それで余計に今回の問題を大きくして、なんとか銀行から譲歩を引き出そうとしているのに違いない。

「資金が足りないから買えませんって言いました。僕、断ろうと思ったんですよ」

40歳を過ぎて。僕という言い方が気に障る。

「ところがですよ」和久が身を乗り出してくる。「いい方法があるっていうのです。通帳の数字をちょこちょこと直しちゃえばいいんですよと、まあ、まったく悪びれない顔でね。

皆さん、そうしてますからって」和久は圭史の顔を食い入るように見つめた。「田中さんも？」

「やりませんよ。そんなこと」

圭史は、強く否定した。口に含んだドーナツが飛び出しそうになった。

「そうでしょうね。田中さんは真面目そうだから」

和久がにたりと口角を引き上げた。

「本当にそんなことを福島が言ったのですか」

圭史は、初めて質問をした。

和久が不機嫌そうに顔を背けた。顔の方向に新田がいる。新田と向かい合い、頷くと、再び圭史を見つめた。

「僕を疑うんですか？」

「そういうわけじゃありませんが……」

圭史は眉をひそめた。なぜこんなところに座って、新田親子の相談に乗らねばならないのか。ミドリの言う通り、はっきりと断れない自分の優柔不断さに怒りを覚えた。

「証拠があります」

和久は持っていたハンドバッグから書類などを出し、テーブルに広げた。

「これは僕の通帳です。そしてこれがローンの申し込みに添付した通帳のコピーです。こことここをよく見てください」

和久が通帳とコピーを交互に指さす。

確かに違う。同じ日付にもかかわらず数字が違うのだ。コピーの方には300万円超の残高があることになっているが、通帳の方は、ほぼ残高はゼロだ。

「上手く改ざんしたものだね。福島さんは、元みずなみ銀行の行員だろう？　銀行員ってのは信用ならないね」

新田が圭史を見た。まるで圭史も信用ならないと言っているかのようだ。

馬鹿にするな。信用第一で、ずっと勤務してきた。バブルもあった。目の前で大金が無造作に動いた。当然、欲も出た。その大金の一部でも摑まえたい、我が物にしたいと思わなかったわけではない。誘惑に負けた銀行員が多くいたことは事実だ。しかし自分は違う。銀行員であることに誇りをもって働いてきた。みずなみ不動産で勤務していた時も同様だ。

圭史の表情が、険しくなったのに気づいたのか、新田は曖昧な笑いを浮かべて、「田中さんのことを言ったわけじゃないですから」と言い繕った。

「失礼なことを言わないでください」

圭史は憤りを込めて言った。

「申し訳ない。謝ります」

新田が小さく頭を下げた。

「親父、余計なことを言うなよ」

和久が新田をたしなめた。

圭史は、椅子を後ろに引き、体を起こし、立ち上がった。

驚いた顔で、和久と新田が圭史を見上げる。

「帰ります」

圭史は言った。

「えっ、どうしたのですか？」

和久が慌てる。

「私の発言が気に障ったのなら謝りますから」

新田が両手を伸ばし、圭史に座るよう促す。

「ちょっと用事を思い出したのです。時間がありませんので」

圭史はテーブルを離れようとした。

「マスコミに言います。それでもいいんですか？　みずなみ銀行やみずなみ不動産の評判が地に落ちますよ」

新田がふてぶてしい顔で言い放った。

「田中さん、マスコミが飛びつきます。うちの店の客に『週刊ブンブン』の記者がいるんですからね」

和久が強い口調で言う。

『週刊ブンブン』は、その名の通り世の中をブンブンと騒がすスキャンダル記事で有名な雑誌だ。ブンブン砲で攻撃されて失脚した政治家や有名タレントは数しれない。

「そうですか？」

圭史は表情を変えずに言った。

「そうですか？　なんという言い草ですか？　田中さんは何も感じないのですか？　元の職場がスキャンダルまみれになるのを見て見ぬ振りをするのですか？」

和久の表情が険しい。

この男は、何を言っているのだ。元の職場がスキャンダルまみれになる？　それを企てようとしているのはお前たちではないか。

「マスコミに言いたいなら言えばいいいんじゃないですか。私には関係がありません」

圭史は言い切った。

みずなみ銀行もみずなみ不動産も退職した。今では両社と自分との関係は断たれている。新田親子が、住宅ローン不正について『週刊ブンブン』に告発し、それが大きなスキャンダルになっても自分の身にはなにも響かない。

大変だな、と記事を見て思うだけだ。それなのにどうして新田親子に脅されながら彼らの住宅ローン返済の困窮を救ってやる必要があるのか。

ではなぜ新田の相談に乗ろうと、このドーナツ店に足を運んでしまったのか。それは圭史は書類上は退職したものの、心が会社から離れていなかったからだ。

心を未だに置きっぱなしにしているからだ。それは仕方がないことだ。長年勤務した会社であるから。

しかし退職すれば身も心も離れなければならない。とっくに会社は圭史のことを忘れてしまっているのだから。それなのに圭史が心を置いて、どうするのだ。

高齢者になるということはこういうことなのだ。過去の経歴や栄光に、心を置いているから面倒なことに関わってしまうのだ。それを喜びと感じる人はそれでもいいが、圭史はそうではない。少なくともそうではない人間になろうとしている。

高齢者になり会社を退職する意味とは、過去を捨てて、そこから新しい歩みを始めることなのだ。新田親子に関わり合うと、過去に引き戻されてしまう。

「マスコミに言います。田中さんのところへも記者が来るかもしれませんよ。覚悟しておいてください」

和久が言った。

圭史は、自分のところに記者が来るという意味が分からない。和久が、住宅ローン不正に圭史自身も関わり合っているような嘘を記者に言うつもりなのだろうか。

圭史は、眉根を寄せて、新田と和久を見つめ、「失礼します」と言い、テーブルを離れ、出口に向かった。

「親父が変なことをいうから怒らしちまったじゃないか」

和久が新田を責める声が聞こえる。

「あんな人だとは思わなかった。もっと親身になってくれる感じだったのに……」

新田の恨めしげな声が聞こえる。

圭史は、足取りも重く、店を出た。

面倒なことには一切関わりたくない。そんな気持ちが今更ながら強くなった。会社という組織に属している時は、否が応にも面倒なことに関わらざるを得なかった。それを適切に処理することで評価もされた。しかし今は違う。ただただ面倒なだけだ。心を煩わされるだけだ。会社という組織を離れた以上、平穏でいたい。

新田親子が、本当にマスコミに言うかどうかは分からない。彼らはブラフをかけているだけかもしれない。しかし、圭史の知ったことではない。まさか自分に火の粉が降りかかることはないだろう。

福島にだけは伝えておこうか……。

否、止めておこう。この話は、もう忘れたい。

新田とはランニングサークルTITで会うことになるのだろうが、気まずくなるだろう。そう考えると気が重い。

夢に現れた大仏の姿を思い出した。大仏は釈迦牟尼《しやかむに》仏、大日如来《だいにちによらい》。悟りを拓いた姿……。

人生は短い。残された人生の時間は長いようで短い。

過去を忘れ、現在をおろそかにし、未来を恐れる者には人生は短く、不安に満ちていると言ったのは、何という哲学者だっただろうか。学生時代に読んだことがあるが、名前は思い出せない。

まあ、そんなことはどうでもいいが、言わんとすることは貴重な人生の時間を無駄にするなということだ。

あの大仏は、そのことを教えてくれているのかもしれないと圭史は思った。

恐ろしくなるほどの猛スピードで暗闇を落ちて行き、そして白い光の中を上っていく。あの暗闇は産道で、母の胎内から外へ出る瞬間かもしれない。

昔から言うではないか。この世は地獄だと。母の胎内から、地獄へと生まれ落ちるのだ。ギャーというのは、心からの恐ろしさの悲鳴なのだ。そして人生はあの白い光のように、瞬く間に過ぎていく。赤いリュックの青年は、生きる意味を見つけられなかった者の象徴だろうか。そして悟りへと向かう。悟りとは、死？ 諦め？

いずれにしても時間を無駄にはできない。あの新田親子に関わり合っていては時間を無駄にするだけだ。

新田は、和久が経営する居酒屋に出資したらしい。どれくらい出資したか分からないが、老後に備えるべき退職金を、かなりの額、つぎ込んだに違いない。

息子が経営する居酒屋の親父に居座って、店の片隅でじっくりと杯を傾ける。理想的な老後の姿を思い描いたのだろう。

しかし新型コロナウイルスのパンデミックで居酒屋経営は左前。出資金はたちまち底をつく。銀行に緊急融資を依頼し、なんとか息をついたものの、経営が立ち直る前に返済が始まった。

不幸は重なるもので、そこに住宅ローンの返済がのしかかってきた。銀行は無慈悲にも返済されなければ、家を競売にかけると言う。そんなことを言う銀行も銀行だが、和久はよほど信用がないのだろう。それで人が良さそうな圭史に相談を持ち掛けたというわけだ。

新田の老後のプランが崩れようが、圭史にとって関係ない。以前、老後資金２０００万円がないと暮らせないと問題になったことがあったが、新田は、いったいいくら貯金があるのだろうか。

我が家は、ミドリに任せているが、夫婦二人が、なんとか暮らしていける程度しか貯め込んでいないだろう。それならなおさら余計なことに首を突っ込まないことだ。

4

ミドリはまだ帰宅してない。

一人でランニングに出かけることにする。皆との練習以外でも少しぐらい走っていないと大会に参加しても惨めな結果になってしまう。

家から井の頭公園往復で10キロだ。ゆっくり走って1時間30分くらいだ。

圭史は走るといっても歩きつつ、走りつつである。珍しい草花を見つけると、スマホで写真を撮る。たちまちダウンロードしたアプリが起動して、草花の名前などの情報を提供してくれる。

これはランニングや散歩の供としては最高だ。道端の目立たない草花にも名前や由来がちゃんとある。かわいい、中心が赤い白い花を咲かせるのに屁糞葛《へくそかずら》というなんとも言いようのない名前を付けられたものもある。触ると、ちょっと嫌な臭いがするというのが理由らしいが、かわいそうな気がする。

昭和天皇が、「雑草という草はない」と言い、雑草を処理しようとしていた侍従を叱ったという逸話があるが、まさにその通りである。どんな草花も「雑」ではない。

道端の名も知られていない草花と自分を重ねてしまう。圭史は、みずなみ銀行でもみずなみ不動産でも、いわば道端の草花同様に出世もしない「雑」だった。しかし矜持《きょうじ》は持っていた。我ながら、愛おしいではないか。

公園に到着した。池の周りを走る。多くの人が、語らいながら歩いている。犬を散歩させている人もいる。

桜の木の下にあるベンチに座っている女性がいる。ランニングウエアを着ているから、走って公園にきたのだろう。

「板垣さんではないか？」

圭史は立ち止まった。じっくりと見つめてみる。間違いない。板垣妙子だ。池の方向に目を向け、うつむき気味にしている。走りつかれたのだろうか。

声をかけると失礼だろうか。せっかく一人でくつろいでいるのに邪魔をしては悪い。

しかし圭史は思い切って声をかけることにした。普段の練習ではなかなか声をかけにくい。妙子はリーダーとして先頭を毅然と走っているからだ。

小柳恵子という近所の女性から鬱病に悩む夫、進介をランニングサークルＴＩＴに参加させて欲しいと相談を受けていたが、未だに板垣に話せないでいることも声をかけようと思った理由だ。

圭史はゆっくりと歩いて近づき、「板垣さん」と声をかけた。

妙子は、驚いた様子で顔を上げた。今度は圭史が驚く番だ。泣いていたのだ。否、まさかとは思うが目が赤く濁《にご》っていた。汗が目に入ったのだろうか。

「田中さん！　自主練？」

妙子は慌てて目を手で拭うと、いつも通りの笑顔になった。

「そうなんです。走ると爽快な気分になりますからね。今度の大会のためにもなるかなと思って……」

「偉い。見直したわ。どうぞ、こちらに」

妙子は、圭史にベンチに座るように促した。

「いいですか？　せっかくのところお邪魔しても」

圭史は、遠慮を口にしながらも妙子の隣に座った。

「走るっていいでしょう？」

妙子は言った。目が赤いのはまだそのままではあるが、泣いていたような暗さはない。やはり見間違えたのだ。汗が目に入ったのだろう。

「いいですね。TITに加入させていただいたこと、感謝しています。ところでちょっと相談があるんですが」

「なに？　改まって」

妙子がわずかに緊張する。

「一人、入会したいという人がいるんです」

「それは大歓迎じゃない？　お友達？」

妙子の顔が晴れやかに輝く。

それに反して圭史の表情が陰った。

「それが……」

「なんだか言いにくそうね」

「近所の人ではあるのですが……ちょっと複雑です」

「詳しく話して」

妙子の表情がやや険しくなった。

「実は……」

圭史は、小柳恵子から受けた相談内容を説明した。

「ご主人の鬱をランニングで改善したいっていうのね」

妙子の表情が曇った。

「そうなんです。どう思いますか？」

「ランニングが、鬱の改善に効果があるのは事実だわ。運動全般に言えることではあるけど、走ることで脳を刺激して、良いホルモンが出るって聞いたことがある」

「ではご主人の入会を認める方向ですね」

圭史は、少し安堵した。

妙子の表情はまだ渋いままだ。

「そう簡単じゃないでしょうね。私たちと目的が違い過ぎるからね。一緒に走るのはどうかしら？」

妙子は、小柳進介の入会を躊躇《ためら》っている。目的が違い過ぎるのはその通りだともいえる。圭史たちはマラソン大会でそれなりの記録で完走するという目的がある。

しかし進介は鬱を改善するのが目的である。いったいどの程度の運動をすれば効果があるのか、圭史には分からない。妙子の迷いもそこにあるのだろう。

「確かに、まったく目的が違うと、一緒に練習という訳にはいかないかもしれませんね」

「そうでしょう？　鬱の程度にもよるかもしれないけど。メンバーに精神科のお医者さんがいればいいんだけどね。その人のアドバイスを受けて走ることもできるから」

「お医者さんねぇ」

圭史は憂鬱な気分になった。恵子に、断らねばならないと思ったからだ。

「でもせっかくの話だから、皆さんと協議してみましょう。ＴＩＴの活動の幅が広がるかもしれないから」

妙子の表情が柔らかくなった。

「そうしてくださいますか。前向きに考えていただけると助かります。実は、ご主人は、フリーのシステムエンジニアで、うちの娘も同じシステム開発の仕事なもので、なんだか他人事《ひとごと》に思えなくて」

圭史の話に、妙子の表情が一瞬、驚いたように変化した。

「仕事で悩んで鬱になったと言う話だったけど、SEなの？」

妙子が言った。

「そうなんです。確か、板垣さんのご主人もみずなみコンピューターシステムに勤務されていますね。もしかしたらご主人、小柳さんのことご存じかもしれませんね」

「主人が知っているかどうかなんて、関係ないわ」

妙子の表情が険しくなった。

「すみません」

圭史は、なぜか謝ってしまった。妙子の険しい表情に気圧《けお》されたのだ。

「SEの仕事って過酷だから、鬱になる人が多いって夫から聞いたことがあるわ」

「なにはともあれ、もう一度、小柳さんに会って詳しいことを伺ってみます。ご主人は、どの程度の鬱なのか、主治医はどんな考えなのかなどを聞けばいいですね」

「そうしてくださる？　一度、TITの練習に参加してもらってもいいかな。私は精神科医を探すから。まったくあてがないわけじゃない」妙子が立ち上がった。「休んでいたら、汗冷えしちゃった。走って帰ります。じゃあ、よろしく」

「私も走って帰ります」

圭史も立ち上がった。

早速、恵子に連絡して進介の鬱の程度を確認しよう。妙子が、頭から反対でなくてほっとした。ランニングで、人を明るくして鬱を改善するなんて、社会貢献的でいいじゃないか。

新田も和久の問題などに関わらないで、楽しく走るべきだ。和久はもういい大人なのだから、新田がしゃしゃり出ることもないだろうに……。

新田の顔を思い浮かべると、気分が滅入ってきた。本当に何事もなく終わってくればいいのだが、と願うばかりだ。

やはり福島には新田親子の情報を提供しておこう。迷うところだが、あまり考えすぎると、こっちが鬱になる。

5

「ねえねえ」

ミドリがいきなり現れて、声をかけてきた。

圭史が、ランニングシューズを玄関で脱ごうとしていた矢先である。

「帰って来ていたのか」

圭史は言った。

「とっくにね」ちょっと得意げな表情だ。「そんなことより、ねえねえ」

「さっきからねえねえと、まるで山羊《やぎ》みたいだな」

「山羊は、めえめえでしょう？　なにくだらないことを言っているの」

不機嫌な表情。

「シャワー浴びようかな。汗をかいた」

「さっさと浴びて。大事な話があるんだから」

「大事な話って？」

「まあ、いいから。シャワー浴びて」

ミドリが圭史の背中を押す。圭史は、浴室に入り、汗で重くなったランニングウエアを脱ぎ、浴室に入り、シャワーを頭から浴びる。ランニングの後のシャワーほど気持ちのいいものはない。

ミドリが、何やら急いで話したくてうずうずしている。圭史は、心地よさに後ろ髪をひかれながらシャワーを終え、バスタオルを腰に巻き、フェイスタオルで頭髪の水を拭いながらリビングに戻った。

ミドリが待っている。テーブルには、水で満たされたグラスが置いてある。ミドリが、用意してくれたのだ。

「はい、ではお話をお伺いしましょうか？」

圭史は椅子に座り、ミドリと向かい合う。グラスの水に手を伸ばす。

「あのね。今日、買い物に行ったでしょう。そこで満島《みつしま》さんから聞いたのよ」

「満島さんって、誰？」

「知らない？」

「知らないなぁ。まあ、いいけど」

「料理教室の生徒の満島喜代子《きよこ》さんよ」

「その満島さんが何かあったのか」

「そうじゃないわよ。あなた、最近、板垣さんと会った？　料理教室に来ないから、私、会ってないのよ」

「板垣さん？　会ったよ」

圭史の返事にミドリが目を瞠る。

「えっ、会ったの？　どこで？」

「どこでって、ついさっきさ。井の頭公園でばったり遭遇」

ミドリの話題は妙子のことなのか。

「何か変わったことはなかった？」

ミドリが思わせぶりな顔で圭史を見つめる。

「特にないね」圭史は答えた。「そんなことより早く本題に入れよ。体が冷えてきた」

圭史はバスタオルを腰に巻いただけだ。早く着替えないと、風邪をひいてしまう。

「あのね」ミドリが身を乗り出し、顔を圭史に近づける。「板垣さんのご主人、浮気しているんだって。それで妙子さんが悩んでいるらしいの」

「ご主人が浮気？」

圭史は聞き直した。

「料理教室の生徒さんたちの中で噂になっているらしいの。あくまで噂よ。だから誰にも言わないでって、満島さんが……」

「言っているじゃないか」

圭史は、笑った。誰にも言わないでと、言った途端に三人には伝わっているだろう。その三人がそれぞれまた三人に伝えたら、世界中の人に伝わるのにたいした時間は要しない。

「まあ、いいじゃない。聞いてよ」

「はいはい。ちょっと待ってくれ。着替えて来るから」

圭史は、クローゼットに向かい、下着と部屋着を出し、それに着替えた。

「早くして」

ミドリの声が聞こえる。余程、話したいのだろう。

「着替えてきましたよ。どうぞ」

再び、ミドリの前に座る。「ご主人の浮気がどうしたって？」

「関心がないの？　ＴＩＴのリーダーの話よ」

ミドリは、圭史があまり興味を示さないのが気に入らないようだ。

「関心がないわけじゃない。お聞きしましょうかね」

圭史は言った。

「満島さんが耳にしたのは、板垣さんのご主人が、会社の女性社員と浮気をしたって話なの。それで板垣さん、ひどく悩んでね。今、教室にいらしてないのは、それが原因かもしれない」

圭史は、公園で会った時の妙子の目に涙の痕跡を見たのを思い出した。あれは、やはり泣いていたのだろうか。

妙子の夫は、みずなみコンピューターシステムの役員である。銀行員ということではなく、ＩＴ企業の役員から転じてみずなみコンピューターシステムのチーフ・インフォメーション・オフィサー（ＣＩＯ）を務めているという。

「それで？」

「急にご主人から離婚を切り出されたらしいの。相手の女性に子供が出来たからって」

ミドリが圭史の反応を見るかのように強い視線で見つめる。

「そりゃ大変だな。いきなり？」

「ええ、いきなり。驚くわよ。今の今まで幸せで、何事もないと思っていたのに、突然、ご主人から、離婚してくれ、相手の女性に子供が出来たって言われたら、驚天動地ね」

「驚天動地って難しい言葉を知っているな」

「馬鹿にしないで」

「それで相手の女性のことは分かったの？」

圭史の質問にミドリが首を振った。

「ご主人、言わないそうなの。とにかく別れてくれの一本槍らしいわ」

「お二人の間にお子さんはいるの？」

「いないのよ。板垣さんは欲しかったみたいだけど、出来なかったのね。それが原因かもね。悔しいでしょうね」

ミドリは、妙子に同情するように表情を曇らせた。

「本当に板垣さん、何も変わったところはなかったの」

「なかったよ」

圭史は、妙子の涙のことを黙っていた。噂に火を点けるだけだ。

「そうなの？」

ミドリは、不満そうだ。

「この噂、あまり広げない方がいいよ。噂なんて、根も葉もないことがあるからね」

「そうね。でも……」

「でも、なんだよ」

「華子が何か知っているかな」

「華子が？　同じ会社だからか。止めなさい。華子に話して、会社の中でも噂が広がったら問題だよ」

「そうね」ミドリは表情を曇らせた。「まさか……ね。あなた？」

「なんだよ？　その顔は？　まさか、何？」

圭史は聞いた。ミドリの詮索《せんさく》好きに呆れ始めていた。

「まさか、その相手の女性って、華子じゃないでしょうね」

ミドリが、今にも泣きそうな顔で言った。

「ば、馬鹿な」

圭史は啞然として、ミドリを見つめた。

第七章　エンディングノート

1

まさか娘の華子が、板垣の夫と不倫しているなどということはないだろう。ミドリの思い過ごしに違いない。

しかし思い過ごしをするにはそれなりの理由がミドリにあるのかもしれない。この間、ミドリは華子を訪ねたが、特に何もなかったと話していた。しかし何か隠しているのかもしれない。

本気で妙子の夫の浮気相手が華子だと心配しているのかとミドリに聞いたが、くぐもった声で「ちょっとね」と呟いただけだ。ミドリから、何が心配なのかきちんと聞かねばならない。

ミドリはいつも明るい態度を崩さない。圭史が仕事で失敗した時も、会社を突然、退職してしまった時も、なんとかなるわよと気丈に振る舞ってくれる。

そんなミドリが、今回は沈んだ暗い目をしている。何か気になることがあるに違いない。

圭史は、ミドリと面と向かって話をしたことがあっただろうかと自らに問いかけてみた。結婚する前、新婚当時は、新しい生活の夢や仕事などについてミドリの顔を正面から見つめて語った気がする。いつもミドリは、笑みを絶やさず圭史の熱のこもった話を聞いてくれた。

しかし年を経るに従って、お互いが顔を見合わせて話すことは無くなった。なぜだろうか。そんなに仕事が忙しかったのだろうか。忙しいのを口実に、家庭内のこと、ミドリの悩み、子供たちの思いに向き合うことを避けていただけではないだろうか。ただただ面倒だ、家庭内のことはミドリに任せておけばいいと勝手に思っていたのではないか。

華子にも、もっと関心をもてばよかった。初めての女の子だ。小さい頃、圭史を慕って、よちよちとついてきたのは覚えているのだが、それ以外のことは記憶が定かでない。大げさかもしれないが、華子は突然、大人になって圭史の前に現れた。華子の幼稚園や小学校の運動会に応援のために出かけたはずだが、全く記憶がない。

いつだったかミドリに叱られたことがある。

華子がひどい熱を出した。ところが圭史は家にいない。ミドリは、幼い華子を抱きかかえて病院に走った。華子は、数日、入院した。ところがその記憶が圭史はすっぽり抜け落ちていたのだ。どうしてそんな話題になったか知らないが、ミドリは怒った。あなたはいつも知らない、覚えていないばかりだと……。

圭史は、自分のことを真面目でいい夫であり、父親だと思っていた。しかし本当にそうだったのか。こうして会社という「公」の組織を離れて、家庭という「私」に入った今、反省の気持ちが湧き上がる。

華子のことでミドリが悩んでいるなら、華子が何か問題を抱えているなら、こんどこそ、それにまっすぐ向き合うことが必要なのだろうと思うのだが……。

それにしても、と圭史は思う。新田のことや、華子のことなど面倒なことばかり起きるものだ。

私的な面倒ごとは難しい。慣れていないこともあるが、私的生活の周辺で起きる面倒ごとは、仕事と違って、すっぱりと割り切ることができないからだ。こんなに面倒ごとに巻き込まれるなら、再就職を果たし、仕事に逃げ込んだ方が精神的に安定するのではないだろうかとさえ考えてしまう。

ミドリが料理教室に出かけた。妙子に会うのが嫌だと言い、表情を曇らせていた。

家に一人だ。さて何をしようか。そうはいっても何もすることがない。本でも読もうかと思っていた矢先に、テーブルに置いた携帯電話が鳴った。着信を見ると、福島からだった。嫌な予感がする。

「はい、田中です」

携帯電話に応じる。

〈あっ、田中さん。福島です。今、話、いいですか?〉

福島だ。焦っている印象だ。

「いいですよ。何か?」

〈新田って人、ご存じですか?〉

ほら、来た。やっぱり、だ。圭史はがっくりとした。なぜ次から次へと面倒なことに巻き込まれるのだろうか。

圭史は沈黙した。

〈ご存じないですか? 相手は、田中さんの名前を挙げているんですよ。あなたに煽《あお》られたってね〉

言葉に険がある。

「煽られた? どういうことですか」

〈会って、説明します。すぐに会えませんか? どこにでも伺いますから〉

「分かりました。こちらまでご足労願ってもいいですか」

圭史は、近くにあるカフェチェーン店の名前を告げた。

〈今から30分ほどで、そこに着くと思います〉

福島は電話を切った。

圭史も携帯電話を置いた。

煽っている？　どういう意味だ。そのまま受けとめると、自分が騒ぎ立てているという風に聞こえるのだが……。

福島は、新田の息子、和久に住宅を売り込んだ張本人だ。和久の言うことを信じるなら、不正な扱いをして無理なローンを組んだことになる。

新田の顔を思い浮かべた。歪んでいた。マラソン仲間の和気藹々《わきあいあい》とした顔ではない。圭史は、頭を左右に振り、その歪んだ顔を振り払おうとしたが、しつこく付きまとって離れなかった。

2

圭史がコーヒーを飲んでいると、「お待たせしました」と言い、福島が駆け込んできた。額に汗が滲んでいる。駅から早足で来たのだろう。汗を拭った顔は複雑な表情をしていた。怯《おび》えのようなものまで浮かんでいる。

「今、来たところです」

圭史は言った。嘘だ。コーヒーを飲んでいるのだから。30分で到着すると言ったが、福島は40分ほどかかった。

「まあ、汗を拭って座ってください」

圭史の言葉に従って、福島は尻をソファに落とすように座ると、すぐさまカフェのスタッフを呼ぶベルを押した。

マスクをしたスタッフが注文を聞きに来ると、「アイスコーヒー、ダブル」と勢いよく告げた。余程、喉が渇いているらしい。

「どうしましたか？」

圭史は聞いた。

福島の表情が険しい。テーブルにジョッキに入ったアイスコーヒーが運ばれてきた。圭史が初めてみるビッグサイズだ。福島は、それをまるでビールのように喉を鳴らして飲んだ。

「新田親子に責められているんです。田中さんにアドバイスを受けたってね」

ドンと音を立てて、ジョッキをテーブルに置いた。

圭史の表情が強張った。いったい自分が、どんなアドバイスをしたというのだ。いい加減なことを言う連中だ。

「私が、どんなアドバイスをしたと言うのですか？」

「聞いてますか？」

福島は、圭史を覗き込むように見た。疑い深い表情だ。

「なにを？」

「私のこと」

福島の眉間の皺が深くなった。

圭史は何と答えるべきか躊躇したが、思い切った。

「ええ、住宅ローンの不正取り扱いですね」

圭史の答えを聞いて、福島の肩が、がくりと落ちた。

「新田親子が、返済を猶予しなければ不正をマスコミに告発すると脅すのです。田中さんもやったらいいと、賛成してくれたってね」

恨みがましい目で圭史を見つめた。

「そんなこと言うはずがないじゃないですか」

圭史は強く否定した。

「そうですよね。田中さんが、そんなことを言うはずがないですよね。私もおかしいと思ったんです。あいつら、私を脅すのに田中さんの名前を使いやがって……」

「それで福島さん、本当にやったのですか？　通帳の改ざんを……」

圭史の質問に、福島の表情が重く曇った。

「ええ、ちょっと軽い気持ちで。みんな、多少、やっていたんでね。田中さんはやらなかったのですか」

今にも泣きそうな顔で福島は言った。

「やりません！」

圭史はきっぱりと言い切った。

「そうですか……。やはりね。田中さんはやりませんよね」

「はい、絶対にやりません。ところで、みんなっておっしゃいましたが、みずなみ不動産で不正がまかり通っていたのですか。私は、知りませんでした」

「どう言ったらいいんでしょうかね。多くの営業担当部長がやっていたと思います。いちいち調べたわけじゃないので、本当のところは確かじゃないですけどね。成績を上げるのに困ったとき、最後の一件に、やむを得ず不正していましたね。住宅購入者が、最終的にローンを返済できなくても銀行が面倒見てくれましたから。こっちに問題が降りかかることはなかったんです。今回は、それが上手く行かなかったんです。新田さんの件では、浜田山東支店と組んでなかったものですから。拙かったなぁ」

福島は天を仰いだ。

「組んでなかったって？　どういう意味ですか？」

圭史は聞いた。福島と同じ会社にいたにもかかわらず、不正に関与してない圭史にとっては、福島のいう話は、全く別の会社の話を聞いているような気がする。

「田中さんは、本当に何も知らなかったのですね。真面目な営業をしていたんですね。私は、成績がどうしても上がらない時や、みずなみ銀行から頼まれた時は、どんな手を使ってもローンを実行したんです。もし返済不能になった時は、銀行が処理してくれるって約束でね。浜田山東支店とも、お互い、合意でやっていたのです。それが組んでいるという意味ですが、私が組んだ担当者が替わってしまって……。それで引き継がれなかったのです。前任者が上手くやってくれるものと安心しきっていました。ぬかってましたね」

圭史は呆れた。ぬかっていたという話ではない。銀行と組んで不正を行っていたのなら、大問題である。

もし、債務者が返済不可能になった際は、不正が表ざたにならないように、銀行が債務者と交渉し、債権を償却するなどの処置をしていたのかもしれない。

みずなみ不動産とみずなみ銀行の組織的な不正なのか、担当者同士の不正なのか、それは分からない。

圭史は、こんな不正が行われていたことを知らなくてよかったと思う半面、自分は仲間外れだったのではないかと寂しい思いもよぎった。

「それで話ってなんですか？」

圭史は聞いた。

「田中さんは、新田さんと親しいんでしょう。彼と話して、この件を問題にするのを阻止してくれませんか?」

「無理ですね。私は、その依頼を断ったのです。だから腹いせに福島さんに、私からマスコミに話すようにアドバイスされたなんて言ったのでしょう。許せないですよ。新田さんは、ランニングサークルの仲間なのですが、それだけの付き合いです。それなのにあなたやみずなみ銀行へ融資の返済猶予などの仲介を頼んでくるなんて厚かましいにもほどがあります。この問題には関わり合いません」

圭史はきつい口調できっぱりと言った。

福島は、再び、力を失ったように肩を落とした。

「弱ったな。本当にマスコミに話されたら、これですよ」

首に手刀を当てた。

「仕方がないですね」

圭史は、冷たく聞こえるように言った。

福島が、目を瞠り、口をぽかんと開けた。あまりにもあっさりとした言い方に驚いたのだ。

「そりゃあまりに冷たいでしょう? 元同僚に対して。ましてや同じ四和銀行で苦労した仲じゃないですか。私、クビになるかもしれないんですよ……」

情けない顔になった。

圭史の中にある疑問が浮かんだ。

「この話は、中村は知っているのでしょうか？」

「中村？　中村社長のことですか？」福島は、大きくかぶりを振って「知るはずないじゃないですか」と言った。

「知らないのか……」圭史は小首を傾げた。「本当に、不正は、大半の営業担当部長が行っているのですか？」

「ええ、そうだと思います。程度の差はあるでしょうが」福島は頷いた。不安そうな顔だ。圭史の考えが読めないのだ。「営業担当部長ばかりではなく、営業部員もやっているはずです。住宅販売のノルマが厳しいし、みずなみ銀行もローンの実績を欲しがっていましたから。銀行の連中の方が積極的に、不正を勧めてきましたね。田中さんが、これに手を染めなかったのが不思議ですよ。本当にやっていないのですね」

福島はなぜかにやりと口角を引き上げた。

「何度、言わせるんですか。私はやっていません。そんなことまでして成績を上げたいとは思っていませんでしたから」

「成績に応じて報奨金を支給する制度があったでしょう？　あれが仇《あだ》になりましたね。もっと欲しいってことになって……」

福島が視線を落とす。今更後悔しても遅いだろうと、圭史は怒りを覚えた。確かに福島は圭史より報奨金を多く受け取っていたという記憶がある。

「不正は、今も続いているのですか？」

「続いていると思います。私は、もうやっていませんが……」

「すると、中村にも責任があるってことですね」

圭史が福島の目を見つめた。福島の目の玉が微妙に揺らいでいる。動揺しているのだ。

「そうでしょうね」

福島は小さく頷いた。

沈黙。

「何を考えているんですか？　田中さん」

福島が怯えた声で聞く。

「この問題は小さくありません。福島さんだけの問題じゃない。新田さんがマスコミに話せば、世間はみずなみ不動産、みずなみ銀行の組織的不正と批判するでしょう」

「ええ、まあ……そうでしょう」

福島の顔が不安で強張る。

「もし組織的不正だということになればみずなみ銀行、みずなみ不動産の経営を揺るがす大問題になる可能性があります」

「田中さん、何をしようと考えているのですか？　まさか中村社長にこのことを話そうと……大変なことですよ」

福島の顔にはどのような表情をしていいか分からない戸惑いが浮かんでいる。

圭史は微笑した。こんな時に笑みが浮かぶとは思わなかった。自分もなかなかしたたかだと思った。

「そのまさかです。私は、あのような退職の仕方をしましたが、中村とは個人的な関係がある。彼に、福島さんのことを話します」

「や、止めてください」

福島は、救いを求めるかのように両手を前に差し出して、悲鳴を上げた。その声に驚いたのか周囲の客の視線が福島に集まった。福島は周りに頭を下げた。

「そんなこと、だめです。絶対に」

福島は、恨みがましく圭史を見た。

「これが一番いい方法です。あなたは不正をしたかもしれない。しかしそれを深く反省して中村社長に事実を伝えるのです。まあ、仲間を売るようなことになるかもしれませんが、私が中村に上手く取り計らいます」

「田中さんが……」

信じられないという顔で圭史を見つめた。

「任せてください。中村の性格はよくわかっています。正直に言えば、少なくとも福島さんのことは許してくれます」

「それは、間違いありませんか？」

疑い深い表情だ。

それも当然だ。圭史は、中村を満座の中で批判して退職したのだ。関係が良好なわけはないと思っているのだろう。

「それしか道はありません。新田親子を恐れて、言いなりになれば泥沼になる可能性があります。悪事千里を走ると言いますから、どこかでバレてしまって、福島、お前もかってことになれば最悪ですよ」

「おっしゃる通りかもしれませんね。思い切って社長の判断を仰ぐっていうのは、いいかもしれませんね」

「お判《わか》りいただけましたか？」

「私はどうすればいいですか？」

「私が中村に連絡を取りますから、その後、一緒に会いましょう」

「分かりました」

福島は、悄然《しょうぜん》とした雰囲気を漂わせている。刑場に引かれる罪人になった気分なのだろう。

「では、今日は、これで失礼します」

圭史は立ち上がった。

「田中さん、ありがとうございます。上手く行ったら、お礼をします」

福島は圭史を仰ぎ見た。

「ははは、そんなお気遣い、無用です」

圭史は、席を離れた。レジに行こうとしたら、福島が、慌てて駆け寄ってきて「ここは私におごらせてください」と言った。

圭史は、一瞬、躊躇ったが、「それではお言葉に甘えます」と言い、店を出た。

店の外で、空を見上げた。澄み切った青空だった。気分が爽快になってくる。羽があれば、このままどこかへ飛んでいきたいくらいだ。

「俺は何を望んでいるのかな」

圭史は独り言ちた。

今回のトラブルを中村に直接、自分の口から話すなんて、どうしてそんなことを思いついたのか。中村とは、同窓ではあるが、学生時代はともかくとして、今や親しいと言える仲ではない。ましてや彼を批判して退職した自分に良い感情を抱いているとは思えない。

「中村はどうするかな？」

圭史は、なぜだか腹の底から笑いが込み上げてきた。

中村は、社長として真っ当な判断を下せるだろうか。それとも慌てて、墓穴を掘るだろうか。圭史は、笑いに顔が歪むのを抑えた。俺は、嫌な人間になったのか。人がトラブルに巻き込まれるのを喜ぶ人間になってしまったのか。退職して、人と接触する機会が格段に減少した。話す相手は妻のミドリだけという日も多い。孤独が人間を悪くするのだろうか。

待てよ。中村は、案外、冷静にこのトラブルを片付けるかもしれない。

新田親子の不当な要求を拒絶し、社内にはびこっている不正を調査し、公表し、処分し、再発防止策を講じる。このプロセスを淡々とこなせば、それでいいのだ。中村は、あまり興奮したり、感情を爆発させたりするタイプではない。だから問題を上手く捌《さば》き、名経営者と言われるかもしれない。

福島のことは許すだろうか。中村は、不正を告白した人間に恩情をかけるほど甘い人間とは思えない。福島には、中村は許してくれるだろうと言ったが、もし許さなかったとしたら、それは福島に運がなかったということだ。俺には、直接的には何の影響もない。そう思うと気楽だ。

3

自宅に戻ると、リビングのテーブルの上に本が置いてあるのを見つけた。

「ん？」

圭史は、それを手に取った。

「『エンディングノート――老後の安心に備えるために』何？　これ？」

圭史は、薄手のノートのような本をしげしげと見つめた。

いったい誰が？　と疑問を抱いても、ここには圭史とミドリしかいない。ということはこの本はミドリがここに置いたものだ。

エンディングノートというのは、自分の死後に遺族が困らないようにする遺言の下書きみたいなものではないのか。

圭史はページをめくってみた。「はじめに」という文字が目に入った。

「あなたの身に『もしも』のことが起こったら、家族はどうなるのでしょうか？」

圭史は、「はじめに」の一行目を声に出して読んだ。

この本は、ミドリが自分のために用意したのだろうか。それとも俺に？

ありえないと圭史は思った。預貯金の管理は、完全にミドリに任せている。いったいどの程度の預貯金があるのか、全く知らない。

それでは「もしも」というのはミドリなのだろうか。ミドリは、この本で命が終わる時の準備をしているのか。ミドリは、どこか体が悪いのだろうか。胸騒ぎが止まない。

ページをめくってみる。個人データを記入する。コラムに「これからの人生に不要なものを整理しましょう」と書いてある。

なるほどね、と圭史は思う。人生の終わりが近くなったら、不要な物を捨てることが大事なのだ。しかしそう簡単には捨てられないものだが……。

今までの仕事のことや健康のことを記入する欄などが続く。ペットのことまで記入する。たかだか数ページに自分の人生のあらかたを記入するのだ。

俺の人生って意外と薄っぺらいな。生まれ育った故郷、両親のこと、思春期には少しぐれて父親に殴られたこと、そんな父も圭史が支店長になった時、亡くなった。その後一人暮らしをしていた母も亡くなった。ミドリと出会い、結婚、子供たちが生まれ、家を買い……。

平凡で、これと言って自慢ができる人生ではないが、数ページに収まるとは思えない。

預貯金や株などの証券、ローンなども記入する欄がある。

圭史は、ふっと笑いを洩らした。銀行員だったのに、自分の金融資産については全く疎いのだ。関心がないと言ってもいいだろう。

給料をもらっても、それは全てミドリに手渡していた。圭史は、そこから必要な小遣いをもらう生活だった。それで特に不自由はなかった。

「お陰で、この家も手に入れた。俺が給料を管理していたら、ムリだっただろう」

圭史は、エンディングノートを閉じた。

これに書くような内容はない。これは自分が使うものではない。

玄関のドアが開く音がした。ミドリが帰ってきたのだろう。このエンディングノートのことを聞かねばならない。なぜこんなものを購入したのか。

「ミドリか」

圭史は玄関に声をかけた。

「あなた、帰っていたの？　福島さんはどうだった？」

ミドリに福島と会うことを話したが、福島と新田親子間のトラブルについては何も言っていない。

「元気だったよ」

「でも、おかしいわね。あなたが退職してから何も言って来なかったのに急に会いたいなんてね。何かあったの？」

「何もないさ。寂しくなったんじゃないのか」

「変なの？」

ミドリが首を傾げながら、圭史の目の前に座った。

視線がエンディングノートに向かっている。

「これ、どうしたの？」

圭史は、エンディングノートをテーブルの上を滑らせ、ミドリの前に置いた。

「どうしたのって、エンディングノートよ」

平然としている。

「なぜ、こんなものを？」

圭史は眉根を寄せた。

「私が書くのよ。あなたのために」

さらに平然としている。

「俺のために？」

圭史は目を瞠り、首を傾げた。

「あなたなにもできないでしょう？　私が死んだら？　預貯金がいくらあるのかも、電気ガス料金さえ払えないかもしれない。病院も、親切にしてくれるご近所さんも知らないから」

「お前、死ぬのか」

圭史は真面目な顔になった。

「死ぬわよ」

にんまりとした。

圭史はまた目を瞠った。ドキリとしたのだ。

「どこか悪いのか？」

にんまりした顔が、陰った。

「まあね……」

「えっ」

鼓動が高まった。

ミドリの目が圭史を捉えた。真剣さに満ちている。

「私は、あなたより先に死ぬのが夢なの。そういう意味」

「夢？　そんなことが夢なのか？　日本人の平均寿命は女性は87歳、男性は81歳。女性の方が長生きなんだ。俺とお前は3歳差だよ。それならどう考えても俺の方が先に死ぬ」

圭史は反論した。

「それはあくまで平均でしょう？　私、あなたの介護とかして暮らすのは嫌だから、先に死ぬの。そう思っているの」

ちょっと投げやりな顔になった。

「お前の願望はわかったけど、どこかが悪いってわけじゃないんだろう？」

圭史は、先ほどのミドリの「まあね……」が気になっていた。

ミドリの視線が、再び、圭史を捉えている。

「あぁ」

ミドリが両肘をつき、掌を顎を載せ、ため息をついた。

「どうしたんだ？　ため息なんかついたりして」

「どうして私ばかり、面倒なことに巻き込まれるのだろうと思ってね」

「何かあったのか？」

圭史の問いに、ミドリの視線がきつくなった。

「あなたは仕事だけをしてきたでしょう？　そのほかはなにもしなかった。今、退職してのんびりしているのはいいけど、特に何か、しようとしていない」

「おいおい、批判するのか。少しはのんびりした方がいいと言ったのは、お前だよ。仕事を探していないわけじゃないさ。ハローワークにも行ったし、知り合いにも頼もうと思っている」

「仕事を慌てて探して欲しいと言っているのじゃないのよ。そんなことじゃないの。何か生きがいを見つけてくれないと、あなたが寂しい人になるんじゃないかと思ってね……。寂しいとボケるのよ。そうなると嫌じゃない？　それでね……」

「それで早く死にたいのか？　ボケる俺を見たくないから」

「あなた料理教室にも参加しようとしないし、ランニングだって熱心なようで、さほどでもない。心配なのよ。それでね……」

「さっきから『それでね』と言っているが、俺がボケること以外に何かあるのか」

圭史は不機嫌さを顔に出した。

「ちょっと待ってね」

ミドリは、背後の棚の引き出しから封筒を取り出してきた。その上には区の健康診断と表示されている。

「健康診断を受けたのか？」

「そうよ。あなたは今まで会社で受診だったけど、これからは区の方で受診しないとね。これが結果なの」

ミドリは封筒の中から書類を出し、テーブルに置いた。

「ここを見て」

指を差した。

内臓の検査結果だ。

「なに、これ？ 膵管《すいかん》拡張って」

ミドリの指差した箇所にある検査結果表示を口にした。

「膵臓《すいぞう》がんの疑いがあるってことなの」

表情が暗い。

「なんだって！」

圭史は椅子から飛び上がらんばかりになり、思わず腰が浮いた。

「まあ、精密検査次第だけどね」

諦めたような表情になった。

圭史は、スマートフォンを取り出してすぐに膵管拡張を調べた。

「膵臓の病気に伴い、膵液の流れが悪くなると膵管の拡張が……」

圭史は調べた内容を読み上げた。確かに膵臓の病気として膵臓がんが書かれている。

膵臓は、沈黙の臓器と言われる。だからがんも見過ごされがちになる。気づいた時は手後れで致死率も他のがんと比べられないほど高い。恐ろしいがんだ。

「ねっ」

ミドリは、寂し気な笑みを浮かべた。

「ねっ、じゃないぞ。すぐに精密検査してもらえよ。どこか大きな病院を紹介してもらおう。区の検査なんて当てにならないさ」

圭史の表情に焦りが見えた。

常に前向きで、積極的で、生きがいを体内に溢れさせているミドリが、圭史より早く死ぬのが夢であるとか、エンディングノートを購入しているのには何かがあると思ったのだが……。

「かかりつけの長谷川医院がちゃんと病院を紹介してくださるから安心して」

長谷川医院は近所で評判の内科医だ。圭史も世話になっている。

「それならいいけど、大丈夫だろう?」

圭史は不安げにミドリを見た。

「きっとね。なんでもないわよ。でも私の父母もがんで亡くなったから、心配は心配よね。でも物事は考えようで、ボケるよりがんの方が意識ははっきりしているからいいんじゃないの」

「そんなこと言うもんじゃない。どっちも悪いさ」

圭史は苛立《いらだ》ちを顔に出した。弱気なミドリを見るのが初めてと言ってもいいほどなので、動揺してしまったのだ。

「精密検査をしてもらったら、きっと大丈夫よ。神様は見捨てないから」

信仰もないのに、適当に神様と口にしたら神様が怒るだろう。

「精密検査はいつだ？」

「まだ、これから決めるの」

「早くした方がいい」

「分かったわ。だけどなんで私にばかり面倒なことが降りかかるのかな」

テーブルに肘をついたまま、ぼんやりと天井に目を遣った。

聞き捨てならないことを口にする。「私にばかり」とはどういう意味だろうか。

「他にも何かあるのか」

圭史は表情を曇らせた。

「華子のこと……」

ミドリの表情が、がんの時より憂いに沈んだ。

「華子がどうしたんだ。この間、会いに行って何もなかったっていったじゃないか」

圭史の表情が険しくなった。

「何かありそうなの」

「どうしてそれに気づいたんだ」

「華子は普通だったわよ。だけど今日、料理教室に来た板垣さんが私を見る目が尋常じゃないの。思いつめたようでね。私、辛くなって目を逸らしたの」

「たまたまじゃないのか。気にし過ぎとか」

公園で会った板垣妙子の涙を思い出した。確かに尋常でないという雰囲気は感じた。

「何かを必死で訴えている顔だった」

「華子に聞けばいい」

「怖くて……」

「怖いとかという問題じゃないだろう。板垣さんのご主人と華子が浮気をしているなんてお前のたくまし過ぎる想像の結果だ」

「そうだといいんだけど。でもそうじゃない気がするの」ミドリがテーブルに顔を伏せた。

「ああぁ、なんで私だけこんなに苦労しなくてはならないのかな。今日の夜、華子が来るの。何か、話があるみたい」

「えっ、本当か」

「うん」ミドリが頷いた。「さっき、連絡があった。それで圭太郎も呼んだの」

「圭太郎も？」

圭太郎は長男だ。商社に勤務している。

「久しぶりに親子で食事しようと思ってね。いいでしょう？　私もなんだか疲れたから。わっと騒ぎたいし……」

「ああ、いいよ。焼肉にでもしようか」

「いいわね。そうしようか。ふるさと納税でもらった、いいお肉がたくさんあるから丁度いいわ」

「それで華子が何か話したいことがあるのか」

圭史は気がかりになっていることを聞いた。

「そうみたいね。何かしら。やっぱり不倫かな」

「おいおい、馬鹿言うなよ。お前ががんで娘は不倫か」

「そうね。面倒ね。もう嫌になっちゃうわ。あなたは何もないの？」

何もないと言いそうになったが、福島との約束を果たさねばならない。中村に、新田とのトラブルを報告しなければならない。福島との約束であるし、中村がどのようにするか、動揺するか、悪魔的な楽しみを感じていた。しかし、ミドリの話を聞いて、災いが降りかかってくる気配を覚えた。

「何もない」

圭史は答えた。

「いいわね。あなたは何に関しても無関心でいられて。昔から、仕事だけだったものね。仕事さえしていれば、なんでも許されると思っていたわね」

怒っている。いら立っているのか。

「そんなことないさ。家族のために必死だった」

圭史は言った。ふと本当だろうかと思った。家族のためと言うより自分が楽しかったから、忙しくすることが、最高の道楽だったのかもしれない。

「私の悩みは深いわ。エンディングノートに書ききれるかしら」

ミドリはノートを手元に引いた。

「まだ、そんなもの書かなくていい。縁起でもないから。それにしても心配ごとって尽きないな」

圭史は、ミドリに同情した。自分だけが、なぜ面倒なことに巻き込まれるのかと嘆いているのにそれを否定したら慰めにも励ましにもならない。寄り添うことが大事だと思う。変に、お前だけじゃない、多くの人が悩んでいるなどと言おうものなら、反撃を食らうだけだ。

「本当ね。自分たちの体も心も弱って来るのに面倒ごとだけは増える。疲れるってこういうことをいうのね。華子、大丈夫かしら。板垣さんの視線を思い出すと、ぞくぞくと寒気がするのよ」

「まあ、今夜、じっくり話を聞こうじゃないか」

「そうね。じゃあ、夕飯までにこのエンディングノートに書けるだけ書いておくわね。あなたが一人で生きられるように……」

「怒るぞ」圭史は真面目な顔をした。「いい加減にしろ!」

4

圭史は自室に入った。ミドリとの会話で、声を荒らげてしまったことを悔やんでいた。机に向かった。頭の中が白くなると言う表現があるが、圭史は、今、そんな状況なのだと思った。

ミドリが膵臓がん? 否、まだ決まったわけではない。どうすればいいのか。エンディングノートを見たが、自分が記入できる項目は、ほぼなかった。テレビのＣＭでは男性タレントが葬儀の準備を兼ねてエンディングノートを記入しているが、彼には書くべきことがあるのだろうか。この年齢になって家庭に全く関与していなかった事実に愕然とさせられた。その姿勢は、退職し、仕事から完全に隔絶させられた今も変わることがない。ミドリに起きたがんの疑いは、そうした態度を認識しない圭史への罰のような気がしてきた。

世間的、家庭的に役立たず。エンディングノートに記入する内容を持たない。生きる意味も見つからない。そんな自分の方が早く死ぬべきだろう。料理教室を開き、生徒に料理を教え、充実しているミドリに膵臓がんなんて……。ひどすぎる。涙で目が潤んでくる。

ああ、悪い方に考えるのは止めよう。がんと決まったわけではない。今は、単にその疑いがあるだけだ。精密検査をしてみれば、なんでもなかった、心配しただけ損ということになるだろう。きっと……。

しかし、それにしても、と圭史は考えた。否定の言葉を頭の中で並べている。何を否定しているのかと言えば、今までの自分の生き方だ。

ミドリに言われるまでもなく、会社勤務が自分の仕事であり、家庭を守り、子育てをするのがミドリの仕事であると考えてきた。

それで良かった時代が長く続いた。これをジェンダーによる役割の固定化と言うらしい。現代では否定的な考えだが、我が家、少なくとも圭史の中ではこの固定化が続いていた。固定化の鉄柱は錆《さ》び付き、腐食してしまっていたとしても倒れずにいたのだ。退職し、家に籠る日々でもこの鉄柱は立っている。男は、仕事を離れたらこれを倒さねばならないのだ。妻という役割から早期に解放してやらねばならないのだ。

それにはどうすればいい？

「なんだか心が騒がしくて考えがまとまらない。不安に圧しつぶされそうだ」

圭史は、言葉を口にすることで自分の気持ちを落ち着かせようとした。

「とりあえず子供たちが来るまでにやるべきことを終えてしまおう」

圭史は、携帯電話を取り出した。中村に電話をするのだ。この電話が、中村にプラスになるのか、マイナスになるのか、それは分からない。

しかし新田親子のしつこさを考えると、放置するわけにはいかない。もし知らぬ顔の半兵衛を決め込んでしまうと、自分には関係がないことだとは思いつつも、もしかしたら自分にも火の粉が降りかかる可能性がないわけではない。ここは中村の手腕に任せるにこしたことはない。

中村の個人の携帯番号は登録してある。みずなみ不動産では社長と社員という関係だったが、それを離れれば同窓という関係である。

圭史は、携帯電話のリストから中村を見つけ、電話をかけた。

呼び出し音が聞こえる。

〈もしもし……〉

警戒するような声が聞こえてきた。中村だ。

「田中です。ご無沙汰しています」

圭史は言った。最初は丁寧な言葉遣いを心掛けた。卒業後に会った時は、銀行が違っていたこともあり、友人としてざっくばらんな話し方だった。話しているうちにそうなるだろう。今は、上下関係もないのだから。

〈田中か。どうした？　何か用か？　再就職の依頼か〉

相変わらずつっけんどんな話し方だ。

「そうじゃない。こっちは退職して、せいせいしているよ」

たちまち友達言葉になった。

〈暇を持て余しているんだろう？　そんなことをしていると、ボケるぞ〉

「心配無用だ。いろいろやることはあるから……」

〈今日はなんの連絡だ。あのことを謝りたいのか〉

「あのことって？」

〈俺に文句を言って辞めたことだよ〉

「あれはすっきりしたね。謝る気はない。少しは反省したか。社員を馬鹿にするにもほどがある」圭史の言葉に、反発でも感じたのか、中村が沈黙した。ここで電話を切られたら、目的が果たせない。「……俺も言い過ぎたかもしれない。ちょっと大人げなかった。お前と二人きりになって言えばよかった」

圭史は反省した言葉を口にした。

〈そうか……。そう思ってくれるか。実は、あれで俺は反省したんだ〉

中村がしんみりとした口調になった。

「何？　お前が反省した？」

圭史は意外な言葉に驚いた。

〈気負い過ぎていた。だからあんなシロアリなんて人格を傷つける言葉を使ってしまった。銀行から不動産会社へ転ずるように言われて、ショックを受けていたんだ。人間が小さい〉

圭史は驚いた。中村が反省している。耳を疑った。

「副頭取にまで出世したんだから十分じゃないのか」

〈そんなもんじゃない。人っていうのは、どこまでも欲張りでね。ハハ〉中村は力なく笑った。〈自分がみずなみ不動産に転じるなんて、ぎりぎりまで知らなかったんだ。情けないよな。副頭取になって、さあ、次は頭取だ、なんて有頂天になっていたら、自分の人事も知らなかった。自分を銀行から追い出す人事が進行していたなんて全く知らなかった。蚊帳《かや》の外だったんだ〉

「ふーん、そんなものか。俺たち平社員は、自分の人事を自分で決められないが、お前らトップはそうじゃないと思っていたけどな」

〈副頭取なんて地位にいたけど、所詮、宮仕えだ。自分の人生を自分で決められない。情けないさ。それが怒りになって、あんな就任会見になってしまった。大いに反省している。俺の欠点を気づかせてくれたお前を引き留められなかったのは、俺の失敗だ。あの時、お前を引き留めたら、俺の権威が無くなると考えたんだ〉

中村の声が小さくなった。これ本当に中村なのか？　圭史は携帯電話を耳から離し、見つめた。今、本当に中村と話しているのだろうか。夢を見ているのか、騙されているのか……。

「俺も、お前に対するシロアリ発言を謝る」

言いながら、圭史は、空いた手で頬をつねった。中村への電話でこんな会話になるとは想像もしていなかった。

〈でも、あれは俺がお前たちのことをシロアリ呼ばわりしたことが原因だ。俺が悪い。謝るのは、俺の方だ。ところで、田中、会社に戻る気はないのか？〉

「えっ？」

言葉に詰まった。

〈どうせ暇なんだろう？　だったら週に1回でも2回でも顔を出してくれよ。肩書は顧問でもいい。社長なんかになったら本当のことを言ってくれる人間がいなくなるんだ。周りはみんなお世辞と忖度ばかりだ。注意していても、おかしくなって裸の王様になってしまう。ましてや俺は、逆らったお前をスパッとクビにした非情な社長だからな。そういうイメージが定着して、誰もが怖がって、本当のことを言わなくなっている〉

中村の強面《こわもて》振りに社員たちが恐れているのだ。

「急にそんなことを言われてもな。まあ、それよりも電話したのは……」

〈そうだったな。田中の話を聞かずに一方的にこっちばかりが話してすまなかった。用件を言ってくれ〉

「電話では詳しく言えないが、銀行も絡んでいるが、住宅ローンで不正が行われているんだ。それをネタに社員が客に脅されている」

圭史の耳に、中村の息づかいが荒くなったのが分かった。緊張が伝わって来る。

〈本当か？〉

「本当だ。そのことで社員の告白を聞いて欲しい」

〈誰だ。その社員は〉

「言えない。今はね」

〈なぜ言えない。お前は、そんな話で、俺を嵌《は》めようとするのか〉

怒っている。

「馬鹿なことを言うな。その社員の立場を保障してくれないと困るんだ。不正を自ら告白して、即座にクビになったんじゃたまらない。罪一等減じて欲しいってことさ。それを確約してくれたら、名前を明かす」

中村の返事がない。息遣いだけだ。考えているのだろう。

〈内部告発者を保護しようと言うのだな〉

「まあ、そういうことだ。本人もいたく反省している。助けてやって欲しい」

〈分かった。その条件を呑む〉

「よかった。明日は、時間があるか」

〈ちょっと待ってくれ〉

スケジュールを見ているのだろう。何も予定がない圭史から見れば、羨ましく感じる瞬間だ。

〈悪いが、予定が詰まっている……。どうしようか〉

「早朝は？　誰も出勤していない時間なら、その方が都合がいい」

〈それじゃあ、7時に会社で会おう。社長室に来てくれ〉

「その時、内部告発者本人を連れて行く。問題は大きい。早めに処理をした方がいい」

〈今、話せないなら仕方がない。明日7時に会おう〉中村は強く念を押し、〈ところで本当に戻る気はないか〉と言った。

「その話は後だ。じゃあ、電話を切るぞ」

圭史は携帯電話を切った。

中村は変わった。嫌な奴だと思っていたが、圭史が諫言《かんげん》したことが心に響いたのだ。出世しか眼中になかった時には、圭史のことなど目に入らなかったのだろうが、それを諦める何かが起こったのか。みずなみ不動産の業績を向上させ、みずなみ銀行頭取に返り咲くことを狙っていたと聞いていたが、それを諦めたのかもしれない。

しかし、まだ疑わしい。本当に変わったのか。圭史に、ふたたびみずなみ不動産に戻るようにと言ったが、あれは本音だろうか。圭史がいそいそと、この話に乗って「戻る」という返事をした途端に、それを翻すようなあくどい復讐《ふくしゅう》を考えているのではないか。

「わからんなぁ」

圭史は、中村の甘い囁き、プライドを刺激する言葉を振り払おうと頭を強く左右に動かした。家庭のことにもっと深入りするべきだったと反省し、ジェンダーの固定化を打ち破らねばならないと考えていたのが、まるで嘘のように仕事に戻りたがっている自分に呆れてしまう。

「そんなことよりすぐに福島に連絡しよう」

圭史は、再び、携帯電話を手に取り、福島を呼び出した。

部屋のドアが開いた。ミドリが顔を出した。

「華子と圭太郎が来たわよ。食事の用意もできているから、来てちょうだい」

「すぐ行く。この電話が終わったらね」

圭史は、携帯電話を耳に当てたまま、申し訳なさそうな顔で言った。

「早くしてね。家族の一大事なんだから」

「わかった。わかっているよ」

呼び出し音が聞こえる。早く出ろ。福島！　お前のことなんだぞ。圭史は、怒鳴りたくなった。

「家族の一大事よ」

ミドリは、再度、念を押すと、厳しい目つきのままドアを閉めた。

第八章　人生いろいろ

1

久しぶりに華子と圭太郎が集まった。

用意された肉や野菜をホットプレートでミドリが焼き始める。

テーブルには、キムチやサンチュの他にミドリがつくった副菜が並んでいる。韓国風の巻き寿司もある。いつもの二人だけのテーブルとは比較にならない豪華さだ。

圭史も赤ワインを奮発した。日ごろ、愛飲している1本1000円程度のワインではない。5000円もしたのだ。銘柄など分からない。ただ価格だけ、高いものにした。情けないが、ワイン素人の圭史には味、ブランドより価格で判断するしかない。

華子から「話がある」と連絡があり、それなら子どもたちと一緒に夕食を食べようと提案したのはミドリだった。ミドリは、華子の不倫を心配していた。

ミドリの料理教室の生徒である板垣妙子の夫が不倫をしているという噂を耳にして、その不倫相手が、華子ではないかと疑っているのだ。その真偽を確かめるために子どもたちを交えての夕食となった。

華子だけでは、緊張した夕食になると困るので、圭太郎を呼んだというわけだ。しかし圭太郎はミドリの心配など何も承知していない。

「この肉、美味いね」

圭太郎は、野菜よりも肉ばかり食べる。学生時代にラグビーをやっていただけに体はいまだにがっしりしている。

「肉ばかり食べるな。松阪の最高級を張り込んだんだからな」

圭史は焼き役に徹していた。

「肉は松阪に限るね。野球の松坂は引退するけど」

圭太郎が肉を口に含んだまま言った。

「くだらないことをいうんじゃないよ」

圭史は笑った。華子も笑い、ミドリもやや緊張した笑いを浮かべた。

たわいもない日常の話題が続いた。華子も社内の人間模様などを面白おかしく話す。特に心配事があるようには見えない。

ミドリが時折、緊張した視線を圭史に送っている。華子の不倫の話題を切り出すタイミングを探りつつ、圭史にその役割を担わせようとしているのだ。

肉があらかた無くなった。圭史はミドリの意図を汲《く》んでいよいよ不倫話を切り出すタイミングだと観念した。

その時だ。

「親父」と圭太郎が真剣な顔で圭史を見つめて、言った。圭太郎の声の強さに、圭史は思わず身構えた。

「なんだ」

切り口上の返事になった。

「俺、会社を辞める」

「えっ」

圭史は絶句した。

同時に「えーっ」と悲鳴のような声を上げたのはミドリと華子だ。

圭太郎が勤務するのは一流商社である。36歳になり、妻、子どもは7歳と3歳の二人いる。責任のある年齢だ。どうして会社を辞めるのか。

「何があったの。佐代子《さよこ》さんは承知しているの」

ミドリが引きつった顔で言った。佐代子とは圭太郎の妻である。

「母さん、そんなに心配しないでよ」

「心配しないでというのが無理」

ミドリの顔が引きつっている。

「まあ、まあ、まずは圭太郎の話を聞こう」

圭史がなだめる。

「お母さん、兄さんの話を聞きましょう」

華子もなだめる。

圭太郎は、圭史たちを一渡り見渡した。

「新しい会社を起業することにしたんです」

圭太郎が話を切り出した。圭史は、自分が息を呑み込む音が聞こえた気がした。

「僕は、会社でインターネット関連事業を担当しているんだけれど、その中でシリコンバレーなど海外にも多くの友人が出来た。心から信頼できる連中ばかりだ。そんな連中と話しているうちに、地球環境を改善する専門サイトを運営する会社を立ち上げようということになったんだ」

圭太郎は、熱弁を振るった。高級ワインを飲み干しただけのことはある。

2030年には地球の平均気温が1・5度上昇する臨界点に達するらしい。そうなると気温は上昇する一方で、逆戻りすることはない。海のサンゴは死滅し、それに応じて海や陸の生物が死んでいく。もはや人類に残された時間は少ない。多くの国が2050年までに二酸化炭素排出実質ゼロにするカーボンニュートラルを宣言しているが、それは国際間のルールの主導権をどこの国が握るかのビジネス上の競争になっていて、本当に地球環境を守ることになるのか疑わしい。企業も、脱二酸化炭素を宣言しているが、ビジネス上の臭いがプンプンする……。

「僕たちは純粋に地球環境を守る事業を行う会社にしようと考えている」

「今の会社にいてはできないのか」

圭史が聞いた。

「それも考えたけど、どうしてもビジネスになってしまう。それに会社員である以上、いつまでも今の業務が担当できるとは限らない。僕は、社会貢献する事業に携わっていきたい」

熱を込めた。

「佐代子さんは賛成しているの？」

ミドリが不安げに聞く。

「大賛成とは言わないけど、彼女はインテリアコーディネーターとして自立しているし、僕がやりたいことをやることに関しては応援してくれることになった」

圭太郎の妻の佐代子は、子育てをしながら自宅で、大手マンション業者から内装などのデザインを請け負っている。それなりの収入は得ているらしい。

「いいわね。私は賛成よ。兄さんを応援するわ」

華子が拍手する。

「ありがとう。華子」

圭太郎が大きく頷く。

「稼ぎにはなるのか？」

圭史は聞いた。孫のことが心配になる。夢はいいが、生活が成り立つのか。

圭太郎は、少し笑みを浮かべ「大丈夫だと思うけど……」と言った。

「けど、どうした？」

「会社を立ち上げるのに親父に出資してほしい。それに当面、給料は払えないけど、財務責任者として一緒に働いてくれないか」

圭太郎が頭を下げた。

圭史は耳を疑った。出資、財務責任者、いったいどういうことだ。

「金がないのか？」

「無いわけじゃないけどね。僕も出資しないといけないし、当面の資金が1000万円ほど必要なんだ。親父にその半分を出してもらえないかと……。出資としてね」

「500万円も……」

圭史は言葉を詰まらせ、ミドリに振り向いた。家庭の金のことはミドリに任せている。

ミドリが身を乗り出すように「騙されているわけじゃないわね」と強く念を押した。さすが母親だ。一番、気になっていることを聞く。目の前にオレオレ詐欺がいるような気になっているのだ。シリコンバレーの友人たちと出資を募って新会社を起業などと言われると、にわかには信じがたいものがあるではないか。

「大丈夫だよ。騙されてなんかいないから。出資と財務責任者就任は、考えてくれないかな？」

圭太郎は真剣だ。

「私も100万円くらいなら出資する。その代わり、上場させて、大儲けさせてね」

華子が陽気に言った。

「わかった。任せておいてくれ」

圭太郎が胸を叩いた。

「ミドリ、どうする？」

圭史が聞いた。

「500万円はどうにかなるとは思うけど……本当に大丈夫なの？」

ミドリが不安そうに聞いた。会社を退職し、後々年金頼みになる我が家にとっては、500万円は大金だ。

「絶対に失敗しないとはいえないけど、支援してくれる会社もあるから」

圭太郎は数社の企業名を挙げた。どれもこれも大企業だ。

「なんとか応援する」ミドリが答えた。「監視役として、あなたは財務責任者になって協力しなさいよ。どうせ暇なんだから」

ミドリの視線が圭史を捉えた。

「やりがいがあるんだ。若い者たちと一緒に地球の未来のために仕事をするんだから」

「やりがい？」

圭史の目に赤いリュックの若者の姿が浮かんだ。彼はやりがい、生きる意味を見つけられなくて自死を選んだのではなかったのか。

「今、別のところからも誘いが来ているからなぁ」

圭史は、中村の顔を思い浮かべた。

「あなた、何？　再就職の話があるの？」

ミドリが聞いた。驚いている。

「ああ、まあね」

言葉を濁した。全く具体的ではないのだが、いきなり圭太郎の話に飛びつくわけにもいかない。

「それじゃあ、出資の方は検討してくれるね」

「母さんが賛成しているなら、俺に異存はない。しかし迷惑をかけるんじゃないぞ。財務責任者になるかどうかは、少し考えさせてくれ」

「いい返事を期待しているよ」

圭太郎は満足そうにグラスに残ったワインを飲み干した。

「兄さん、よかったわね」華子は言った。「実は、私も話したいことがあるの」

華子の言葉にミドリがひきつけを起こしたように体を震わせた。

圭太郎が自分の退職と新会社起業の話をしたお陰で、華子も自分のことを話し易くなったのだろう。

ミドリは、華子が、板垣の夫との不倫を告白するのではないかと思って緊張しているのだ。

圭史も緊張していた。唾を呑み込んだ。

「何だね？　話したいことって」

圭史は努めて冷静に聞いた。

隣に座るミドリの息づかいの荒さが伝わって来る。

華子は圭史とミドリを交互に見つめた。

「私、結婚する」

華子は明瞭に言った。表情に変化はない。極めて平常心だ。

「結婚！」

ミドリが悲鳴のような声を上げた。

「母さん、何よ、その顔は。鳩が豆鉄砲を食らったうえに食あたりを起こしたみたいじゃないの?」

華子が笑った。

いったいどんな顔だ。圭史は、ミドリを見た。確かに今にもひっくり返りそうな顔だ。しかしミドリだけじゃない。自分もそんな顔をしているのだろう。ミドリの懸念が的中したのだ。ついに恐れていた事態になった……。

2

「おめでとう」圭太郎が即座に反応した。「今日は、俺といい、華子といい、新しい出発の日になったね。最高だ。親父、酒はもうないのか。お祝いしよう」

圭太郎がはしゃげばはしゃぐほど、ミドリや圭史は沈み込んだ。

「酒なら冷蔵庫にビールがある。勝手にとって来い」

圭史は不愉快そうに顔を歪めた。

「どうしたの。親父もお袋も、不機嫌そうじゃないか。ははん、一人娘をどこかの男にとられるのに腹が立つのか」

「そんなんじゃないの」ミドリが圭太郎を睨んだ。そして華子に向き直った。背筋を伸ばし、何かを決意したような表情になった。「お相手は」

「同じ会社の人よ」

「これだけははっきりさせておきたいのだけど。結婚は賛成です。でもね……」

ミドリが硬い口調で言った。

それに応じて華子の表情が強張った。

「なによ。母さんも父さんも、難しい顔して……。なんだか変よ」

「その相手の方は、あなたと同じ歳くらいなの？」

ミドリの問いに、華子が首を傾げた。

「うーん、年上かな」

「初婚でしょうね」

「それがね。再婚なの。まあ、私も若くはないから、構わないでしょう？」

華子の返事に、ミドリから表情が消えた。

「再婚？　まさかまだ離婚が成立していないってことはないでしょうね」

ミドリの声が上ずってきた。

「心配ないと思う……」

華子が答える。

そろそろ自分の出番である、と圭史は覚悟した。このままだとミドリが卒倒してしまう。からめ手で攻めるのではなく正面攻撃を仕掛けるしかない。

「華子、その相手は板垣という名前ではないな」

圭史はズバリ聞いた。

「板垣？」

華子が小首を傾げた。

「母さんの料理教室の生徒さんに板垣妙子さんという人がいる。その人のご主人で、お前と同じ会社に勤務している人だ」

「ああ、板垣雄作《ゆうさく》取締役ね？」

「下の名前までは知らん」

「なぜ、私が板垣取締役と結婚するの？」

華子が不思議そうな顔をした。

「違うの？」

ミドリが体を乗り出して聞いた。

華子は、何が問題になっているのか理解しがたいという困惑した表情をみせた。

「違うわよ」

ミドリの肩の力が抜けた。圭史を振り向き、力のない笑いを浮かべた。

圭史も大きく息を吐いた。なんだか拍子抜けした気持ちだ。やはりミドリの妄想、思い過ごしだったのだ。

「まさか、私が板垣取締役と結婚すると思っていたの？　あの人、奥さんがいるのよ。それじゃあ、不倫じゃないの」

華子が呆れたと言う顔をした。

「まあ、そういうことになる」

圭史は渋面を浮かべた。

「なぜそんな話になったの？　おかしいでしょう？」

華子が不愉快そうにつっけんどんな口調になった。

「母さんの思い過ごしだ。板垣さんの奥さんは母さんの料理教室の生徒さんだけど、浮気で悩んでいるという噂が流れた。そのことを耳にした母さんが言うには、妙子さん、奥さんは妙子って言うんだけどね。彼女が母さんを思いつめたように見つめると言うんだよ」

「それで同じ会社だから私と不倫なの？」華子は、何度か頷いて、「この間、母さん、私のマンションに来たでしょう。なんだか変だなと思ったのよ。あちこち探っていた気配があったもの。もう、嫌だな」と口元を歪めた。

「ごめんなさい」

ミドリが謝った。

「板垣さんの奥さんは不倫で悩んでいるんじゃないわ。きっとね」

華子の表情が曇った。

「なんで悩んでいるの？　あなた、知ってるの？」

「がんよ、がん」

「えっ、がん？」

「板垣取締役は、肺がんが転移して、入院中なの。ステージ4らしい。手術が上手くいけばいいんだけどね。今、お休みしてる」

華子が言った。

「がんか……」

圭史はミドリを見た。ミドリは膵管拡張の疑いで精密検査を受けることになっている。最悪は膵臓がんの診断を下されることだ。

「そうだったの……。妙子さんの様子がおかしいから、私てっきりあなたと不倫しているって勘違いしちゃった。料理学校の生徒さんが、妙子さんが不倫で悩んでいるって噂をしているのを耳にしたものだから。ごめんなさい」

「悪質ね。板垣取締役はそんな人じゃない。真面目な人」

「相手の女性に子供が出来たなんていう話もあったのよ」

「最悪じゃないの。そんな噂を流す生徒さんがいるんじゃ、教室、止めたら」

「そうね……。でもそういうわけにはいかないわ」

「まあ、不倫じゃなくて安心したけどさ。お前の相手の男性はどんな人なんだ」

圭史が聞いた。

「みずなみ銀行から出向して、うちの企画担当をしている人。平沢正美《ひらさわまさみ》さん。聡明大学の元ラガーマンでさっぱりした人。離婚成立は心配ないわ。3年前に奥さんをがんで亡くされてね。今、5歳の娘さんと一緒に暮らしているの」

「こぶ付きか？」

圭史が呟いた。

「こぶ付き？　今どき、そんな言葉使う人はいないよ」

華子が怒った。

「出会いは、その子どもだな」

圭太郎がにんまりとした。

「よくわかるね。そうなのよ。会社のパーティに正美さんが、その子、優海《ゆみ》ちゃんを連れてきてね。私が遊んであげたら、妙にウマが合ったの。それをきっかけにつき合うようになってね……」

「まさかお腹に兄弟がいるってことはないだろうな」

また圭太郎がにんまりした。

一瞬、華子の表情が複雑に歪んだ。

「もう、全部、言っちゃおうか。実はね、3カ月なの。今夜、お酒飲まなかったの、気づかなかった？」

「えーっ」

ミドリが悲鳴を上げた。

「おいおい、大変だ、そりゃ」

圭史は自分が何を食べているのか分からなくなった。

3

その後は、いったいどんな話で盛り上がったのか記憶にない。圭太郎の新事業、華子の結婚、そして妊娠……。

人生の大きな変化が一度に押し寄せてきた。嬉しいのか、戸惑っているのかわからない。心配の種が増えたことは間違いない。生きているということは、この種を絶やさないということなのかもしれない。心配の種が尽きた時が終わりだ。

ミドリの健康も大きな心配の種だ。

健康は、高齢化しつつある家族にとって最大の心配事だ。妙子が人知れず涙ぐんでいたのは、夫の病が原因だったのだ。華子との不倫ではなくてよかったと、ミドリはすっかり懸念を振り払ってしまったようだが、圭史は妙子のことを思うと、心が痛んだ。

　圭太郎と華子が帰り、ミドリと二人きりになった際、ミドリが「元気で頑張らないとね」と呟いた。圭史は、「そうだな」と感慨を込めて答えた。

＊

「お待たせしました」

　圭史は振り向いた。

　福島がいた。７時に中村に会うために本社前で彼と待ち合わせをしていた。昨夜の出来事を思い出しているうちに福島との約束を忘れそうな気分になってしまっていた。

　福島の表情は硬い。少々、血の気が引いている印象もある。仕方がないだろう。自分の不正を告白する代わりに罪一等減じてもらえるかどうかなのだから。

「どうしたのですか？　ぼんやりされていたみたいですが」

　福島が不安げに言った。

「ちょっと昨日、いろいろあったものですから」

　圭史は答えた。

「大丈夫ですか？」

「ええ、ご心配なく。行きましょうか」

圭史は、福島を促して、本社ビルに向かって歩き始めた。

「社長は私を許してくれるでしょうか？」

「ご心配なく。きっと福島さんに感謝するでしょう」

圭史は、エレベーターを待ちながら言った。

エレベーターが到着し、二人で乗り込む。

「これ、死刑台のエレベーターじゃないですよね」

福島が情けない声で、ルイ・マルのフランス映画の名前を挙げた。

「天国の門ですよ」

圭史もマイケル・チミノのアメリカ映画の名前を挙げて答えた。

福島はエレベーターの階数が上がる度に表情のこわばりが強くなっていった。

エレベーターのドアが開いた。

「行きましょうか？」

圭史に中村への確たる信頼があるわけではない。福島を許す確約を取ったわけではない。

不正を告発する社員の名前も伝えていない。

福島は、みずなみ銀行の元行員だが、中村とは異なり、旧四和銀行出身なので面識はないだろう。初めて相まみえるのが、告発者とそれを受け止める立場である。どういう反応が起きるのか、圭史は想像がつかない。しかし自分への福島の信頼を裏切ることはできない。

「さあ、中に入りますよ。いいですね」

圭史が福島に声をかけ、社長室のドアノブに手をかけた。

「ちょ、ちょっと待ってください」

福島は、背筋を伸ばし、ネクタイを締めなおすと、大きく息を吐いた。

「はい、お願いします」

福島が頭を下げた。

圭史がドアを開けた。

4

中村は、福島の話を黙って聞いていた。無表情と言っていい。何を考えているのかは窺いしれない。

福島は、中村の表情の変化を警戒しながら、言葉を選んで説明する。

不正の内容は、通帳などのデータ改ざん、収入などの証明書の偽造などを行い、ローン不適合者も適合にしてしまう手口だ。勿論、銀行と手を結んでいなければ出来ることではない。銀行の本部というより、自分が懇意にしている支店や担当者と合意の上のことだ。

今回、新田親子から不正をマスコミに告発すると脅されたのは、「ちょっとした手違いから」と福島は言った。その時、バツが悪そうな照れたような表情になった。

「手違い？」

中村の右眉だけがピクリと引きあがった。無表情な中に険しさが現れた。

福島が慌てた。手違いという言葉が中村の気に障ったのだ。

「すみません。手違いと言いますか……。前任の黒石さんとは、この仕組みで上手くやっていたのですが、後任の城山さんとの引き継ぎがなされていなかったようでして……」

浜田山東支店の前任者であった黒石義弘は、福島とつるんでローンの実績を上げていた。しかし後任の城山亮太、その課長の水上正人とは福島は、謀議をしていなかった。これは福島の油断、手落ちなのか。それともみずなみ銀行側が行員の不正を知るところとなり、それらを正すことが出来る人材を送り込んだのか、それはまだ判然としない。

おそらくだが、他の銀行でもローン手続きの不正が行われ、それが発覚しているのではないだろうか。そこでみずなみ銀行としても、不正の摘発に動いているのだろう。その結果、不正に関与していない行員を浜田山東支店に送り込んだのではないだろうか。

「福島さんの話はよく分かりました。私としてはいささかショックではあります。しかし」中村は、「しかし」に語気を強めた。「あなたが勇気をもって不正の実情を話してくださったことは評価いたします」

「恐縮です。ありがとうございます」

福島は深々と頭を下げた。中村の言葉に安堵したのか、肩の力が抜けたように緩んだ。

「良かったですね」

圭史も笑みを浮かべて、福島に言った。

圭史は、中村を見直した。薄い頭髪、切れ長で疑い深そうな目つきも、今は、知的で深みがあるように見えるから不思議だ。

「田中さんに相談したお陰です。勇気をもって社長に報告して良かったです」

「不正を自ら報告した人を守るように法律で定められておりますから。私も法律に則《のっと》って対応いたします」

中村が言った。

「よろしくお願いします」

福島は再度、頭を下げた。

「さて田中さん、如何《いかが》しましょうかね」

中村が圭史に聞いた。

「不正の実態を明らかにする必要があるでしょうね」

圭史が答えた。

「これは前任の社長、ひょっとしたら前々任の社長にも影響があります。当然、みずなみ銀行も調査しなければならない」

「当然でしょう」

「外部にも、監督官庁にも報告しなければならない」

「そうなります」

圭史は、訝《いぶか》しく思い始めた。当然のことを繰り返す中村の意図を測りかねた。不正が告発された以上、直ちに調査組織を立ち上げて、不正の解明に乗り出す必要があるのではないか。

「前任、前々任の社長は旧四和銀行出身ですね」

「そうです」

「福島さん、あなたも」中村は福島に視線を送った。「はい」と福島が返事をした。「田中さん、あなたも」と中村は圭史を見た。「あなたも旧四和ですね」

「そうですが……」

圭史は、中村の意図が分かり始めた。

「福島さん、あなたの不正に協力した浜田山東支店は旧四和系の支店ですね」

「はい。私たちは、この不正の相談をするのに、やはり同じ系列の支店行員と相談しますから」

福島が答えた。

「あなたがご存じの不正に関与した営業担当部長も彼らが不正を相談している銀行員も、全て旧四和系でしょうか？」

「それは断言できませんが、旧四和銀行出身者は旧四和系支店と組んでいるとは思います」

福島は平然としている。その表情に迷いは見えない。不正を告白して、気持ちが落ち着いたのだろう。それはそれでいいのだが、中村の意図に気づいた気配はない。

「もう一つだけ伺います。あなたは旧五菱銀行系のみずなみ不動産の社員、及び支店がこの不正に関与していたか、ご存じですか？」

中村の細い目が鈍い光を宿した。

「存じ上げません。こんなこと言ってはなんですが、長く働いていても旧五菱銀行ご出身の方々とは接点がないんです。会議などで話したりはしますけど、表面的で、プライベートでは一切お付き合いがないものですから。ええ、同じ会社で働いていても見事に接点がないですから」

福島が答えた。表情が、媚《こび》を売るように、にやついている。旧五菱出身者と積極的に交わらなかったことを責められているとでも思っているのだろうか。この能天気！　いい加減に中村の意図に気づけ！　圭史は福島を睨んだ。

「さて」中村は腰を少し浮かすとソファに座りなおし、姿勢を正した。そして福島を無言でじっと見つめた。細い目が一層、細くなった。厚い瞼の中で、黒い瞳がぬめった光を放っている。その光が福島を捉える。福島の表情が緊張した。判決を言い渡される被告人のようだ。

「この問題は、もしかしたら……」中村は数秒間、沈黙した。「もしかしたらですが、旧四和銀行の問題かもしれない」

中村は、福島から圭史に視線を移した。

「中村、それはないんじゃないか。問題は、そんなことじゃないだろう」

圭史は、思わず乱暴な口調になった。

「いや、分かっている。田中、怒るな」中村はまずいことを口にしたと思ったのか、苦笑いを浮かべた。「勿論、みずなみ不動産、みずなみ銀行の問題だ。それは俺も十分に承知だ。もし新田さんがマスコミにたれこんだら旧四和、旧五菱なんて言ってられないのは分かっているさ」

中村も「俺」と自分のことを言い、圭史と同じような口調に変じた。

「だったらなぜ旧四和の問題だなんて言った。お前は、みずなみ銀行の副頭取だったんだぞ」

圭史は「お前」で返した。

圭史の興奮した態度に、隣に座る福島が慌てている。何が起こったのか事態が呑み込めていないのだろう。

「それはだな……。俺が旧五菱出身者だってことだ。このみずなみ不動産は、知っての通り旧四和の社長が続いていた。みずなみ銀行の系列ではあるけれど、旧四和系の色が強かった。旧行の色を無くす目的で旧五菱の俺が社長に送り込まれた」

「そうなのか」

「そうだ。そこでだ。もし、俺がこの問題を騒ぎ立てたらどうなる？」

「どうなるんですか？」

福島が中村に首を差し出すように伸ばし、動揺している。自分の立場が不安定になった予感に怯えている。

「旧行意識むき出しで、旧四和の経営陣、および旧四和系みずなみ不動産社員や支店行員たちの排除に、中村社長が牙を剝いたと思われるというのだろう。ただでさえお前は覇権意識が強いと思われているらしいからな」

圭史は険しい表情になった。

「覇権意識だけは余計だがね」中村が不愉快そうに口元を歪めた。「それはさておき田中の言った通りだ。俺にその気がなくても、そう思われる。これは決して俺にとって愉快なことではない。せっかく旧行意識、派閥解消を目指しているのに俺が火を点けるわけだからな」

「じゃあ、この問題をうやむやにするのか。新田さんが、マスコミに告発するかどうかよりも、この不正をそのままにしておくことの方が問題だぞ」

「田中、そう興奮するな。お前らしくもない。いつもは何事にも淡々としていたのに、歳を取って短気になったのか」

「余計なお世話だ。歳は、お前と同じだ。せっかく福島さんが自ら不正を名乗りでてくれたのに、お前の態度が煮え切らないのが不満なんだ」

「俺には、俺の立場がある。この問題に俺が火を点けると、これに俺が焼かれて、最悪は焼死してしまうかもしれない」

中村が苦しそうに表情を歪めた。

「中村社長の立場がようやく私にもわかりました。ご面倒なことに巻き込んでしまって申し訳ありません」

福島が頭を下げた。

「福島さん、謝ることはないです。この問題にどのように対処するかで、中村の度量が試されるのだから」

圭史は中村を指さした。

「厳しいな。相変わらず。田中の、その頑固なところを俺は学生時代に評価していた。ゼミで議論した時のことを思い出すよ。あれは日本の戦後復興に果たしたアメリカの役割についてだったっけな。俺が、アメリカの支援が無ければ復興はなかったと結論づけたら、お前は即座に、日本人の強い復興への意識を過小評価していると反論してきたな。激論が続いて、教授が仲裁に入った。あれは結論は出たかな」

中村が笑った。

「あれは痛み分けだ。そんなことを覚えていたのか。俺はとっくに忘れていた」

中村が笑った時は、要警戒だ。あの激論の時も、急に笑ったではないか。すると答えは曖昧になり、議論はなんとなく終わってしまった。

「福島さんは分かって下さったみたいですが、この問題に私が最初にタッチすると、旧行意識で行動している、派閥争いだ、などと痛くもない腹を探られて、問題の解決に至らない。あなたの処遇にも影響する可能性がある。私は、あなたを守ってあげたい。内部告発者を守る義務が経営側にはありますからね。公益通報者保護法っていう法律です。しかし、この問題が旧行の派閥争いと誤解されたら、福島さん」中村がぐっと体を福島に近づけた。

「あなたは旧四和の裏切り者になってしまう可能性があります。旧五菱の私に媚を売り、仲間を売った裏切り者だと……」

福島の膝に置いた手が細かく震え、表情から血の気が失《う》せた。

「正義のために声を上げたのにあなたは裏切り者になる。それは理不尽でしょう」

中村が姿勢を元に戻し、眉根を寄せた。

「そんな……」福島が動揺し、圭史を見た。「私が裏切り者だなんて……。そんなことがあってはたまりません」

「福島さん、落ち着いてください」

圭史はなだめた。

「落ち着いてなんかいられません。私は裏切り者にはなりたくありません」

福島は今にも逃げ出しそうだ。

「今、申し上げたことはあくまで可能性です。そこで相談です。この不正をただすためには、まずわが社のナンバー2である斉木《さいき》副社長に相談してくれませんか？ 彼は、旧四和出身です。彼から私に報告があれば、旧行派閥関係なく不正摘発に取り組めると思うのですが、どうですか？」

中村は福島を見た。

福島の表情がさらに深刻味をました。うつむき、考え込んでいる。そして顔を上げた。

「おそらく駄目でしょう」

福島の顔が絶望に沈んでいる。暗い。

「なぜですか？」

中村が驚いて聞いた。

「斉木副社長は、営業担当です。私たちの不正のことを十分にご存じだと思います」

「本当ですか？」

中村は信じられないという顔で天を仰ぎ、圭史に振り向き「万事休す。どうする？　田中、いい知恵はないか」と聞いた。

圭史は、急に立ち上がった。

「おいおい、どうした？」

中村が驚いている。福島も圭史を見上げている。

「帰ります。すでに退職した身分ですから。福島さん、申し訳ない」圭史は頭を下げた。

福島が何事かと目を瞠った。「私は中村社長に期待し過ぎました。不正が明らかになれば、それを正す。経営者として、当然のことであり、迷いなどあるはずはありません。ところが派閥争いの問題に矮小《わいしょう》化《か》しようとしています。見損ないました。こんな人間だとは思いませんでした」

「失礼だな……」中村が渋い表情で言った。「不正の解決をしたいが、変にこじらせたくないだけだ」

「好きにやってください。福島さん、このまま一緒に帰るなら帰りましょう。不正の調査、解決は中村社長の責任です。お任せしましょう。彼の手腕に……」

「えっ、私を放り出すんですか。無責任ですよ。私は、私はいったいどうなるんですか」

福島が非難する。

「中村社長が、上手くやってくれるでしょう」

　圭史は突き放した。

「田中、逃げるのか。お前も営業担当部長だったから、不正の関与を疑われるぞ。今、逃げたら、俺はお前を助けないぞ」

　中村が脅しをかけた。

「悪いけど、俺は不正には全く関与していない。調べたければ調べるがいい。ああ、それから昨夜の電話の件だが、きっぱり断らせてもらう。この会社に戻ることはない」

　圭史は、中村と福島に背を向け、社長室のドアに向かって足を踏み出した。

「勝手にしろ」

　中村が圭史の背中に怒りを込めて言葉を投げつけた。

　勝手にさせてもらうさ。組織を外れたのにいつまでも絡めとろうとするな。そんな捨て台詞《ぜりふ》を吐こうかと思ったが、圭史は無言でドアノブを握った。

5

　圭史は自宅に戻る道すがら、腹立たしさを抑えながら、こんなことに関わり合ったことを後悔していた。どこまで甘いのだ。中村がなんとかするだろうと期待をかけた自分の愚かさに怒りを覚えた。中村は、会社を良くしようというよりも自分の立場を優先した。経営者としてというより人としてあり得ない。目の前で不正が行われているのにそれを見て見ぬ振りしようという態度は許せない。

圭史は、自分のことを考えた。自分の人生の大半をみずなみ銀行、みずなみ不動産で過ごした。田中圭史という人間は「みずなみ」で作られていると言っても過言ではない。「みずなみ」を否定したり、嫌悪することは、「自分」を否定、嫌悪することになるだろう。

「俺はみずなみ銀行、みずなみ不動産を愛しているのか」

圭史はぶつぶつと呟いた。

「愛している」

自分に言い聞かせた。

圭史は、立ち止まって携帯電話を手に取った。

「もしもし」

圭史が電話をかけた相手は、新田である。

〈ああ、田中さん、なんでしょうか?〉

即座に新田が出た。あまり忙しくはしていないのだろう。ただし返事の口調は平板である。圭史にいい感情をもっている雰囲気は感じられない。

「突然で申し訳ないですが、例の不正の件、マスコミに告発しましたか?」

〈あの件ですか。いいえ、まだです。どうしようかと迷っているんです〉

「浜田山東支店の対応は如何ですか」

〈厳しいです。特に水上っていう課長が強硬ですね。競売は時間の問題です〉

「そうですか……」

おそらく水上は旧五菱の出身なのだろう。水上は水上で誰かの指示を受け、これを旧四和排斥のきっかけにしようと考えているのかもしれない。誰もが自分の利害だけで動いている。愛する「みずなみ」のことを考えていない。

「まだ、マスコミに告発しようというお考えはかわりませんか？」

〈私の告発を止めようというのですか？〉

新田の声が険しい。

「いえ、そうじゃありません。ぜひとも告発して、表沙汰にしてください」圭史が言った後、しばらく沈黙が続いた。「新田さん、ぜひマスコミに話してください」

〈いいんですか？〉

ようやく新田が返事をした。電話の先からも驚きが伝わって来る。

「お願いします。きっと記者は飛びつくと思います。みずなみ不動産、みずなみ銀行が組んで不正を行っていますから。あくまで新田さんは被害者です」

〈本当ですか。息子の窮状を救えるなら、私はやります。知り合いに記者がいないわけじ

ゃありませんから。ちょっと躊躇していたんですが、田中さんに背中を押されました。ええ、やります。徹底的にね〉

新田は勢い込んだ。

「頑張ってください」

圭史は電話を切った。

これでいい。後は新田次第だ。記者が関心を持てば、記事にするだろう。そうなれば騒ぎは大きくなりみずなみ銀行、みずなみ不動産も不正の解明に着手せざるを得ない。旧四和、旧五菱などと言ってはいられない。中村は慌てるだろう。さもコンプライアンス重視が経営の根幹であるとの顔をして、行動を起こすに違いない。

福島はどうなるだろうか。福島は、可哀そうだが不正に関与したことで処分されるに違いない。しかし、それは仕方がないことだ。やったことは変えられない。

中村に不正を告白したが、中村がそれを受け止める度量が無かったことに運がなかったと思うしかない。それでも正直に不正解明の調査に協力すれば、罪一等は免れるかもしれない。後は福島の運次第だ。

新田は、本当にマスコミに不正を告発するだろうか。恐らくやるだろう。圭史の電話で迷いを吹っ切ったはずだ。

「これでみずなみ不動産もみずなみ銀行も変わるだろう」

圭史は、気が滅入る一方で、すがすがしさも感じていた。愛する「みずなみ」が変わるためには、多少の荒療治が必要である。

「ただいま」

圭史は自宅に着いた。

玄関ドアを開けると、見知らぬ男性用革靴がある。来客かな？

「お帰りなさい」

ミドリが姿を現した。

「誰か来ているのか？」

圭史が聞いた。

「それがね」ミドリは声を潜めて「平沢さんが来られているのよ。お嬢さんの優海さんと一緒にね」と言った。表情が緩んでいる。

「平沢？　誰だ？」

「忘れたの？　華子の結婚相手よ」

「あっ」

華子が昨夜話していたこぶ付きの相手か！

「来ているのか」

「華子が鉄は熱いうちに打てって言ってね。連れてきたの」

婚約者を鉄呼ばわりするのはどうかと思うが、華子にしてみれば、少しでも早く相手を圭史に会わせて、本当の意味での結婚の了承を取りたかったのだろう。

「あなたがいつ帰ってくるかわからなかったから、どうしようかと思っていたのだけど、よかったわ。すぐに会ってくださいね」

ミドリがそわそわした様子で言った。

「わかった」

圭史は少し緊張を覚えた。心の準備が整っていない。

「それからね。いい知らせがあるの」

「なに？」

「私の膵臓がんの疑い」

「どうだった。精密検査の結果は？」

「どう思う？」

ミドリが微笑んでいる。この顔を見れば、大丈夫に決まっている。

「なんでもなかったのか？」

「そう。エンディングノートは、また後日にするわね。そうそう、あなたの人間ドックも予約しておきましたからね」

「大丈夫だったか？　それは良かった。俺のことは心配ないさ」

　圭史は気持ちが軽くなった。先ほどの不正告発の件で憂鬱になっていたが、ミドリのがんの懸念が払拭されたことは幸いだった。人生何が起きるか分からないが、ミドリと永く一緒に歩めるのはいいことだ。

「では華子の選んだ男を鑑定しようかな」

「余計なことは言わないでね。良い人みたいだから」

　ミドリが釘を刺した。ミドリは、華子がどういう形にしろ嫁ぐことが嬉しいのだ。

「わかっているよ」

　圭史は、華子と彼女の婚約者が待つリビングに足を運んだ。

第九章　不安の種は尽きまじ

1

華子が結婚したいと話していた平沢正美に会った。彼は、5歳になる前妻の忘れ形見である優海を連れてきていた。

応接間などない狭い家なのでミドリは平沢をリビングに案内していた。期待よりどちらかというと不安な気持ちでリビングに行くと、平沢がいてその隣には、優海を挟んで華子が座っていた。

優海が圭史にむかって緊張した表情でぴょこっと頭を下げた。目鼻立ちのくっきりとした西洋人形のように愛らしい。

不思議と違和感がない。優海はまるで華子の実の娘のようにさえ見える。神妙な態度であるのを見ると、平沢がちゃんと躾《しつけ》をしているように見受けられる。

約束も無く訪ねてきたことに、圭史は当然ながら不機嫌な表情を浮かべてみたものの心の中では結婚を喜んでいた。

平沢はラガーマンだっただけのことはある。肩幅が広く、見るからにがっしりしている。言葉少なで、やや鈍重そうだが、誠実な人間である雰囲気は十分だ。

平沢は、圭史とミドリを前にして、丁寧に頭を下げ、華子を妻に迎えたいと言った。

いつもと違っておらしくしている華子も頭を下げた。

圭史は、眉根を寄せ、どのように答えていいのかわからず、助けを求めるようにミドリに振り向いた。

ミドリも圭史を見ている。その表情は喜びに満たされ、目にはうっすらと涙が光っていた。

ミドリは、華子の結婚を大いに望んでいることが、その表情から分かった。

圭史も胸が熱くなり、思わず涙ぐみそうになったが、我慢した。

「よろしくお願いします」

圭史は、唇を横一文字に引き締め、深く低頭した。

「ありがとうございます」

平沢も頭を下げた。

「華ちゃん、優海のお母さんになってくれるの？」

優海が小声で華子に尋ねているのが圭史の耳に入った。

「そうよ。よろしくね」

華子が答えた。

「嬉しいなぁ」

優海が華子の腕を両手で摑んだ。

圭史は、これでいいと心から満足した。華子はきっといい妻、いい母親になるだろう。

「さあ、お祝いしようか」

圭史はミドリに言った。

「そうね。お寿司でも取ろうかな」

ミドリが席を立った。

「いえ、私たちは……」

平沢が遠慮するように言った。

「何か用があるのかね」

圭史は聞いた。

「いえ、それは大丈夫ですが……」

「遠慮しなくていいよ。家族なんだから」

圭史は言った。

「お父さん、ありがとう」

華子が微笑した。

「幸せになるんだぞ」

圭史は言った。

2

圭史は、早朝のランニングの集まりに参加した。

ここ数回はサボっていた。新田に会いたくなかったためだ。

しかし華子の結婚が決まったことで、心が軽くなった。みずなみ不動産の不正などという悪いことばかりあるわけではない。終わりを迎えるまで人生を楽しく生きよう。そうでないと損をする。華子の結婚が決まったことは、圭史を前向きな気持ちにしてくれたのだ。

「おはようございます」

圭史は、リーダーの妙子に挨拶をした。

「おはようございます」

妙子の表情は明るい。

華子から夫ががんであることを聞いていた圭史の方が、逆に表情を硬くした。

「おや？」

見知らぬ男性がいる。新しい参加者だろうか。

大柄で、圭史や他の参加者のようにランニングウエアは着用していない。スエット姿だ。表情は、どこか心ここにあらずと言う印象だ。ぼんやりとしている。

「あの人は？」

圭史が妙子に聞いた。

「小柳進介さん、以前、田中さんが奥さんから相談された方」

公園の清掃をしている時に恵子から相談を受けた。鬱病になった夫をランニングサークルに参加させたいということだった。この相談を妙子に話して、そのままになっていた。

「参加されるようになったのですか？」

「田中さんからお話を受けた直後に奥さんが来られて、ぜひ参加させて欲しいと言われたの。それで古いメンバーの三好さんや美里さんに、どうって聞いたらみんながいいじゃないって賛成してくれた。それで参加してもらうことになったわけ。奥さんも、もうすぐいらっしゃるはず。噂をすれば、ねっ」

妙子の視線の方向から恵子がやってきた。

恵子は、すぐに圭史を認めて「田中さん、いつぞやは不躾な相談をしてすみませんでした。お陰様で参加させていただいています」と笑みを浮かべて低頭した。

「いやぁ、私は、なにも……」

圭史は、進介の参加を妙子に打診しただけだ。それ以上のアクションは起こしていない。感謝されると、かえって恐縮してしまう。

「田中さんが妙子さんにちゃんと私の話を伝えてくださっていたおかげです。ねえ、あなた」

恵子は、進介に言った。

進介は、濁ったような目で、笑顔もなく圭史を見て、「どうも」と頭を下げた。暗い。深い海に沈んでいるようだ。

華子の婚約者である平沢もシステム開発関連の仕事である。進介と同様に大きなストレスに耐えているに違いない。しかし彼は、おおらかな印象だった。華子の存在が平沢の支えになっているのだろうか。

「夫は、このような感じで、とても皆さんと同じように走れる状態じゃないんですが、朝早く起きて、新鮮な空気の中で体を動かしたお陰で徐々に笑顔を取り戻してきているのです。嬉しいです。ねえ、あなた」

「どうも……」

笑顔とはほど遠いが、これで良くなったのであれば以前はいったいどんな状態だったのだろう。

「一緒に楽しみましょう」

圭史は言った。

「皆さん、集まって来られたわね」

いつものメンバーの美里、幸子らが集まってきた。

今日は10人だ。

「では2列で走りましょう」

妙子の合図で走り始めた。

妙子は、小柳夫妻に合わせているのか、いつもよりゆっくり走っている。

それでも風が頬を撫でる感触は爽やかだ。

圭史は、小柳夫妻の後ろについて走った。何か不測の事態があっても対応しようと思ったからだ。

進介は、大柄な体を曲げるようにして走る。恵子は黙々と走る。誰も頑張れなどと声をかけたりしない。頑張ってきた結果が鬱病の発症なのだ。これ以上、何を頑張れというのか。

頑張るの語源は、我を張るということだと聞いたことがある。自分中心で、他人と調和せず、我がままに生きる……。

それがいつの間にか、努力することや励ましの言葉になった。

今こそ、頑張るを本来の意味に戻して、我を張れ、我がままになれ、と言った方がいいのではないか。自己中心的に、他人のことなど考えるなと励ますべきでないのか。

進介が着ているスエットの背中の部分にじんわりと染みが広がっている。汗だ。他の人のように流れる汗、生気が体の中から溢れ出るような汗ではない。体内の毒素がじわじわっと滲み出ているような感じなのだ。進介の中に巣食っていた心を病ませる悪魔の毒が、ランニングすることで居場所を失って外に出てきたのだ。

頑張れ、我がままに生きろ。圭史は、進介に声をかけたくなった。

前方を見ると、妙子は、美里と笑顔で会話を交わしながら先頭を走っている。その他の仲間もその後ろに続いている。

圭史の足も、久しぶりのランニングだが、軽快だ。華子のことで安心したことが大きいのだろう。圭太郎のことは、まだ気掛かりだが、なんとかなるだろう。

「おーい」

背後から呼び止める声が聞こえる。圭史が振り向くと、新田がこちらに向かって走って来る。

妙子が振り向き「新田さーん」と呼びかけた。

圭史の足取りが急に重くなった。

会いたくない。新田が原因で思いがけなく面倒なことに巻き込まれた。みずなみ不動産の中村の態度に愛想をつかした。福島の助けにもなることが出来なかった。その挙句に、妙な正義感を抱き、みずなみ不動産の不正をマスコミに告発したらいいなどとけしかけてしまった。全ては新田の相談から始まった。

「間に合って良かった」新田は息を切らせて合流した。「おっ、新しい人もいますね」目ざとく小柳夫妻を見つけた。小柳夫妻が、どのような思いでランニングに参加しているのか、当然のことながら承知していないだろう。余計なことを口走って進介の心の闇を深くしないかが気になった。

新田が圭史に近づき、並走し始めた。

「田中さん、いろいろすみませんでした」

新田が小声で言った。

「いえ、私こそ、余計なことを言って、すみませんでした」

圭史も小声で言った。

「いえ、田中さんから電話をもらって、私も考えたのです」

新田は小声だが、意思を持った口調だ。

「なにを？」

「田中さんはコヘレトの言葉って知っていますか？」

「コヘレト？　存じません」

「私、最近、『旧約聖書』を読んでいましてね。暇ですから。出来るだけ長いものを読もうと思って……」

圭史は、走りながら新田の顔をまじまじと見つめた。この顔のどこに『旧約聖書』があるのだろうか。

「それはすごいですね」

「すごくはありませんよ。退職して暇になると、新しい小説なんかを読むより、古典がいいですね。それで『旧約聖書』を読んでいましたらね、その中に伝道者の書というのがあるんです。これがコヘレトの言葉なんです」

「コヘレトと言う人が話したのですね」

圭史は興味を覚えた。

「コヘレトというのは、集める人という意味らしいです。人を集めて人生を語っていたんでしょうね。それは不思議な言葉で……」

「不思議なのですか？」

「空《くう》の空。すべては空。日の下で、どんなに労苦をしても、それが人に何の益になろう……っていう言葉で始まるのですから」

「空の空？　なんだか虚無的ですね」

圭史は前をゆっくり走る進介の背中を見ていた。先ほどよりスエットの汗染みが広がっている。彼の体内から嫌なものが染み出しているのだろう。

「そう思うでしょう？　だけど考えればその通りなんですね。この言葉を虚無的じゃなくて、私たちには必ず終わりがあるんだから、空《むな》しくなるんだから、その時まで真面目に生きればいいんだと言う意味だと考えたのです」

「なるほどねぇ……」

納得をするともしないとも判然としない言葉を圭史は口にした。新田の言っていることは、当たり前のことだが、それが難しくて皆、苦労しているのだ。

「コヘレトの言葉の中に、『時の詩』というのがあります。すべての営みには『時』がある……。生まれるのに『時』があり、死ぬのに『時』があるなど」

新田は何を言いたいのだろうか？

「ねえ、田中さん、すべての営みには『時』があるんですよ。そう思いませんか」

「はあ？」

圭史は、どんな顔をしていいのか分からない。

「息子が銀行に騙されたと思って憤慨して、田中さんにご迷惑をおかけしました。本当に申し訳なかったと思っています」

新田は、走りながら頭を下げた。

「いいえ、こちらこそ」

圭史も頭を下げた。

「息子のことは、息子に任せる『時』があるのです。もう、奴もいい歳なんですから。私には私の『時』があるのです。私も歳を取って、空しくなる『時』が近づいているのですから、自分のために『時』を使うべきだってね。息子には息子の『時』、私には私の『時』……。田中さんから電話を頂いた時に、考えたのです。なぜ、田中さんは私に、あんな電話をしたのだろうって……」

「申し訳ありません。余計なことを言いました」

マスコミに不正を話せ、などと言ってしまったことを改めて後悔した。

「いえ、謝ってもらうことはありません。そのお陰でやっと気づいたのです。私が、田中さんの貴重な『時』を奪ったのだってね。こちらこそ申し訳ありませんでした」

新田が再度、頭を下げた。

「私の『時』を奪った……」

圭史は新田の言葉を繰り返した。

「そうなのです。私の身勝手な思いから、田中さんの『時』を奪ったんです。反省しました」新田は圭史に振り向き「お互い自分の『時』を大切にしましょう」と薄く笑みを浮かべた。

「ええ、そうですね。いい言葉ですね。すべての営みには『時』があるって」

圭史も微笑した。

「私の言葉じゃありません。コヘレト、です」

新田が言った。その表情には憂いが無かった。

圭史はふと心に引っ掛かりを覚えた。

「すみません。ところで不正の告発のことはどうされますか？」

これだけ晴れやかで、悟りを拓いたような新田だ。あの不正告発を蒸し返すことはないだろう。

「あの件は、息子に任せました。息子が自分で考えるでしょう。私は、私の『時』を大切にすることにしました。息子には、そう言いました。もう関係しないってね」

新田は、そう言い残すと、スピードを上げ、先頭に向かって行った。足取りは軽快だ。

息子の和久に任せた？　自分の『時』を和久に奪われたくないからだろうが、ちょっとそれは、無責任ではないのか。あれだけ混乱させておいて……。しかし、それ以上、圭史は考えるのを止めた。

「すべての営みには『時』があるか……」

中村や福島にも『時』があるのだ。それがどんな『時』なのかはわからないが、彼らもそれを受け止めて『時』に身を任す以外に方法はないのだろう。新田の言葉のお陰で、わずかだが心が軽くなった気がした。

稲荷神社に着いた。

少し休憩して、復路を走ることになる。

妙子が近づいてきた。

「小柳さん、大丈夫みたい」

寄り添うようにベンチに座っている進介と恵子に、圭史は視線を向けた。

「そのようですね。走っていいんですね」

圭史は言った。

「そうね、いろんなことが忘れられるから……」妙子が圭史をまともに見つめた。「夫がね、肺がんでステージ4なの」

「そうですか」

華子から聞いてはいたが、いざ妙子の口から聞くと、どのように返事をしていいか迷ってしまう。慰めを口にしても、意味がない。

「最初は、目の前が真っ暗になったわ。私の人生まで終わったって……。でもようやく落ち着いたの。夫は、今、入院中だけど、結構、平常心なのね。夫の強さを再認識して、惚《ほ》れ直したの。おかしいでしょう？」

妙子が笑みを浮かべた。

「いえ、そんなこと……」

圭史は言った。

「夫がね、いつも通りにしてくれていた方が、嬉しいって言うの。それでランニングも、またやる気が出たって感じね。それに田中さんが、小柳さんをご紹介してくださったでしょう。いろいろな夫婦があるなぁって、また改めて気づいたの。これも人助けかな？　これ傲慢？」

妙子が、圭史の反応を窺う。

「いえ、そんなことはありません」

圭史は否定した。

「まあ、そんなに大げさには思っていないけど、ありがとうございました。田中さんのお陰です」

妙子は、くるりと踵を返すと、休憩している皆に向かって、「さあ、行きますよ」と声をかけた。

圭史は嬉しくなった。

「すべての営みには『時』がある。悩む『時』も、悩みが晴れる『時』も……」

圭史は軽い足取りで皆の列に加わった。

3

「あなた、なんだかうれしそうね」

「そうか？」

「いいことがあったの？」

「そういう訳ではないんだけど。華子の結婚という、ちょっと引っかかっていたことが、ようやくなんとかなるってわかったからね。心のわだかまりがなくなると、他も順調に回るってことかな。すべての営みには『時』があるってことだよ」

圭史は、新田の受け売りを言った。

「なに？　それ？」

ミドリは首を傾げた。

「ちょっと話があるの」

ミドリが言った。

なんの話だろうか。せっかく気分よく帰宅したのに、悪い話は聞きたくない。

「シャワー浴びていいか？」

「後にして。ちょっと急ぎだから」

急ぐならさっさと話してくれればいいのに、やっぱりもったいぶる。

女は一般的に言って、さっと話をしない傾向がある。ちょっと、気を持たせるのだ。それだけで、こっちは不安をかきたてられる。いったいどんな話なのかと気になって仕方がないのだ。早く話せよ、と言っても、まあ、いいからいいからと言う。これだけで男の心はかき乱され、女の術中に囚われてしまうのだ。

ミドリの前に座る。野菜ジュースの入ったグラスが置かれている。それを一気に飲み干す。

「座ったよ。そんな急ぎの話ってなんだ」

「あなた、我が家の財産、知っている」

ミドリが真面目な顔で言う。

我が家の財産? そんな話をシャワーも浴びさせずに話すのか。何を焦っているのだ。

「全く知らない。みんなお前に任せている」

「そうよね。あなたは銀行員のくせにお金には無頓着だから。説明するわね。あなたの退職金の約3500万円の内、500万円はローンの返済で消えたわ」

「そうだね。この家もお前が選んだものだ」

ミドリは計画的に持ち家取得プランを立てた。

結婚当初は社宅住まいだった。そこには45歳まで住むことが可能だった。結婚したのは、

27歳の時だったから、18年は住む計算だった。しかし狭い社宅から次々と同僚が出て行くのに、圭史よりミドリが一念発起したのだ。

30歳の時、今の自宅近くにマンションを買った。広くはなかったが、3800万円もした。不動産屋は、いい買い物ですよ、きっと値上がりしますからと言った。

銀行から社内融資で3000万円を借りた。800万円は自己資金だ。よく貯めていたものだとミドリに感心したのを覚えている。実家の援助もいくらかあったのだろう。

圭史は、狭いながらも自分の城を得たことに大いに自信を持った。

それから時代が大きく変化した。本格的にバブル時代に突入したのだ。

我が家が言葉通りにうなぎ上りに値上がりしたのだ。それが分かったのが、我が家に不動産屋がチラシなどを持ってくるようになったからだ。

マンションを売りませんか。この文句に誘惑されそうになった。なにせ5000万円、6000万円、最高は8000万円までに上がったのにはたまげた。

しかし、所有している不動産がいくら高騰しようとも現金化しなくては使いようがないのだ。税金が上がるだけで、損をするのだ。そして今のマンションを売却して、もっと広い物件を手に入れようとしても価格が高すぎて手が出せない。

圭史は、バブルとは幻であると気づいたお陰で、傷つくことはなかった。そしてミドリの堅実さのお陰で、6000万円で30坪程度の戸建てを手に入れた。勿論、それまで住んでいたマンションを売却して得た資金が頭金になった。銀行から新たに2500万円ほど借り入れただけで購入できたのは、ミドリの才覚によるものだ。

それが現在の住居である。圭太郎と華子の部屋も確保できたため、二人は大喜びだった。ローンがどの程度残っていたのかは圭史は知らないが、退職金で完済したことは聞いていた。

「わかった。それで？」

「本当にあなたはお金に関心がないのね。それでも銀行員だったの？」

なぜかミドリがいら立っている。

「早く、用件を言えよ。シャワーを浴びたいんだ」

「それで残りは定期預金1500万円と国債1500万円にしたのよ。でもどんどん金利が低くなったのでその後の貯えも合わせて投資信託にしたのよ。1000万円ほど。みずなみ信託よ」

「と言うことは今、我が家には定期預金、国債、投資信託合わせて4000万円もあるのか？」

「違うわよ。定期預金を崩して1000万円を投資信託に回したわけ。だから全部で金融資産は3000万円。まあ、今まで貯めてきた私のへそくりを合わせると、3600万円くらいかな。この家も、建物は価値を見てくれないから、土地だけで3000万円以上にはなるんじゃないかしら。最近上がっているからね」

「凄いね」

　圭史は思わず顔をほころばせた。

「そのうちあなたの年金、私の年金も入って来るから」

「老後は安泰だな？」

　圭史は、明るく言ったが、ミドリの表情が浮かない。

「どうしたんだ？　結構、貯えがあるじゃないか。いざとなれば家を売ればいい。何か心配事があるのか？」

「これだけあってもね。老人ホームに入ると保証金が2000万円以上もかかって、毎月30万円から40万円も必要になるところがほとんどなのよ。それも一人分。私は、あなたより先に死ぬつもりだから、あなたが老人ホームに入るとなると、こんな貯え、あっという間に無くなってしまうのよ。子どもたちの世話なんか期待できないし……」

「お前が先に死ぬなんて、縁起でもない」

　圭史の表情が曇る。

「それは絶対。私、あなたの世話をしてから死ぬなんて嫌よ。あなた重いし、臭いし……」

　ミドリが眉根を寄せる。

重いし、臭いしとは冗談でも言い過ぎだろう。しかし、ここは反論をせずに論点を変えることにした。

「老人ホームに入るのにそんなに必要なのか。それじゃ長生きすれば、するほど貧乏になるってことか。金持ちしか長生きできないなんておかしい。もっと安いところがあるんじゃないのか？　公的なところとか……」

圭史は自信なげに言った。

「そんな老人ホームは希望者が多くて簡単に入れないのよ。知らないの？　もしどうしようもなければ地方に移住するしかない。そこなら安いけどね。でも地方だって若い人は来て欲しいけど、年寄りばかり来てもらってもね。姥捨《うばす》て山じゃあるまいし」

「地方を姥捨て山呼ばわりはひどいんじゃないか」

「不安なのはそれだけじゃないのよ。実は、投資信託が、値下がりしてドーンと200万円ほど下がってしまったの。世界的インフレ傾向や米中摩擦が原因らしいわ。ああ、どうしよう」

ミドリが両手で顔を覆った。

圭史は、目を瞠った。ミドリの口から世界的インフレ傾向や米中摩擦という言葉が飛び出したからだ。世界情勢のことなど、全く関心がないと思っていたのに、一家の資金運用を任せている間に関心を持つようになったのだろうか。

「凄い下がり方だな。でも投資信託なら仕方がないさ。じたばたしても……」

投資信託は元本の保証がない。

「みずなみ信託が、これは米国のGAFA中心に運用していますから、大丈夫と言っていたのに……」

GAFAとは米国の大企業である、グーグル、アップル、フェイスブック、アマゾンを指す言葉だ。

「また上がる時もあるさ」

「ほんとにみずなみ信託は、駄目ね。銀行も駄目だけど」

「まあ、そういうな。その銀行に勤めていたお陰で貯まった預金なんだからさ」圭史は、表情を曇らせるミドリを見て、「投資信託が下がったのはわかったけど、それでなにが問題なんだ？」と聞いた。

「圭太郎の会社への出資よ。500万円も出せっていうんでしょう？ 投資信託の値下がり損を抱えているから心配なのよ。あなたはこれから収入はあまり見込めないし……。500万円も出したら、私たちの老後が心配だわ。それにそれだけでは済まないかもしれないし、事業が上手く行けばいいけど失敗したら……」

圭太郎は、会社を辞め、ベンチャー企業を友人と立ち上げる。それへの出資を期待されている。

「でも、約束しただろう？」

「値切れないかな？」

「さぁな？」

出資を減らす交渉を、圭太郎にしろということなのか？

「今、お金を取りに来るというのよ」

ミドリが表情を曇らせた。

「今、なんて言った？」

圭史は耳を疑った。今、出資金を取りにくる？　そんなことは聞いていない。

「現金が必要なんだって。いろいろ準備があるんじゃない？」

ミドリが圭史を見つめた。

「俺は聞いてないぞ」

圭史は眉根を寄せた。ミドリに相談したことが不愉快にさせたのだ。なぜ、自分に言って来ないのだ。家の財産の全てをミドリが握っていると知っているからか。

「電話があったのよ。今から５００万円取りに行くって？」

「誰から？」

「誰からって、圭太郎よ。決まっているでしょう？」

「おかしくないか？」

圭史は、まじまじとミドリを見つめた。

「なぜ？　間違いなく圭太郎だったわよ。間違えっこないわよ。出資金が必要になったから用意してくれって。早くしないと、会社がつくれないから頼むって……。おかしい？」

「おかしいよ。会社なんてそんなに慌てて作るもんじゃない。誰がお金を取りに来るんだ？」

「一緒に会社を設立する友人が取りに行くからって。だからこれ？」ミドリは銀行の通帳と印鑑をテーブルに置いた。「その人がみずなみ銀行の浜田山東支店で待っているの。私が行こうと思ったのだけど、預金名義はあなただから、あなたに行ってもらおうかと思っているのよ」

「お前、大丈夫か？」

「何が？」

「それはオレオレ詐欺じゃないか？」

「馬鹿にしないでよ。そんなのに騙される私じゃないわ。この間、圭太郎が相談したことと電話のやり取りがちゃんと整合しているんだから」

ミドリの平然とした顔を見ていると、余計に圭史の動悸《どうき》が激しくなった。

「圭太郎に電話してみよう。したのか？」

圭史の質問にミドリは首を横に振った。

「だって圭太郎からの電話だったのよ。あの子、この出資金がないととても困るんだって。でもこっちも投資信託の損が出たから、あなたに事前に話さないで、お金を渡すわけにはいかないでしょう？」

「していないのか？」

さすがのミドリも息子のことになると、冷静さを失うのだろう。まして新会社を起業するなどと言い出したのだから、余計に冷静になれないのだろう。

「圭太郎に連絡する」

圭史は、携帯電話を手に取り、圭太郎をライン電話で呼び出した。しかし出ない。「何しているんだ？　肝心な時に」

「あの子も金策に忙しいのよ。親として協力してあげましょう」

ミドリは言った。

「絶対におかしい。俺が銀行に行く。何時に待ち合わせだ」

「10時よ」

もうすぐ10時になる。

「わかった。俺は銀行に行くから、お前は圭太郎に電話をして、もう一度確認するんだ。絶対だよ。それで確認できたら、俺に連絡してくれ」

圭史は、ランニングウエアの上にスエットを重ね着して、外に飛び出した。

「あなた、通帳と印鑑、忘れているわよ」

ミドリが玄関先で通帳と印鑑を持って手を振っている。

「そんなもの、後でもいい」

圭史は銀行へ急いだ。気持ちは焦るのだが、足はそれに追いついてこない。

「誰も彼もが年寄りの老後のための貯えを当てにしやがって」

圭史はぎりぎりと奥歯を嚙み締めた。

4

浜田山東支店の前で待っていた。どんな人間が来るのだろうか。ミドリからの連絡はまだない。

向こうから濃紺のスーツを着た男がやってきた。あの男だろうか。支店の前で、辺りを窺っている。間違いない。あの男だ。30歳代に見える若い男だ。

ミドリを待っているのだろう。女性が来ると思っているのにいないから不思議そうな顔をしている。

「すみません」

圭史は、激しくなる動悸を抑えながら、男に近づいた。若い男だ。圭史を見て、驚いている。

「田中圭太郎の友人ですか？」

圭史はゆっくりと、必要以上に落ち着いて話しかけた。

「は、はい」

男は圭史を見て、動揺しつつもなんとか冷静さを保って、返事をした。

「私、圭太郎の父親です。いつも息子がお世話になっています」

「ええ、ああ、そうですね」

明らかに男は焦っている。今にも逃げ出したい様子でそわそわしている。

「では、お金を引き出しますので店内に一緒に行きましょうか」

圭史は言った。

「は、はい」

男は、ぎこちない笑みを浮かべた。逃げ出すべきか、それとも金を受け取るべきか。迷っている。しかし、欲に負けた。

圭史と一緒に支店内に向かった。

圭史は事前に、支店行員に事情を話していた。行員は課長の水上正人に、もしかしたらオレオレ詐欺かもしれないと説明した。水上は、福島の不正案件を拒否した課長だ。骨がある人物なのだろう。圭史に、大丈夫です、私たちがガードしますと言ってくれたのだ。

圭史は、男を店内に誘い込んだ。

「ところですみませんが？　息子の生年月日をおっしゃってくれませんか？」

圭史は男に聞いた。

「生年月日？　聞いたことがないですね」

男の右頬がぴくぴくと動いている。

「そうですか？　それなら勤めている会社の名前は？」

圭史は聞いた。

「会社？　えーと、なんだったっけな。聞いたはずなのになぁ」

男はとぼけた様子で上目遣いになった。

男の近くに水上とロビー担当の庶務行員、そして若手行員が何気ない様子で立っている。

「ご存じないんですか」

圭史は男に迫った。

「ええ、まあ、そんなことは気にしていませんから？」

男の目が、ゆらゆらと泳ぎ始めた。

「息子とはどんな会社を作られるのですか？」

「ああ、それはですね。飲食店です」

男はようやく自信のある顔をした。オレオレ詐欺のマニュアルにあるのかもしれない。

飲食店と言えば一般的だと思っているのだろう。

「飲食店？　おかしいですね」

圭史は、さらに男に迫った。男はじりじりと後退する。

「そうですか？　おかしいな？　そう聞いたはずだけど」

男が気弱そうに笑った。

圭史は、近くにいた水上に視線を送った。

その時、支店の入口から警察官が入ってきた。水上がもしものことがあればと連絡したのだろう。

男は警察官の姿を認めると、走り出そうとした。

「オレオレ詐欺です！　捕まえてください！」

圭史は腹の底から声を振り絞った。

男が逃げ出そうとする。圭史は、男の腕を摑んだ。男が振り払おうともがく。水上と庶務行員と若手行員が男につかみかかる。ロビーの床に男が倒れ込んだ。

「オレオレ詐欺です！」

圭史は再度叫んだ。

警察官が走り寄り、男を押さえ込んだ。男は、観念したのか、床に顔を伏せて、動きを止めた。

　圭史の携帯電話が鳴った。ミドリからだ。

「どうした？」

　圭史は言った。

「あなた……あなた」

　ミドリが泣き声だ。

「どうしたんだ？」

「圭太郎から、そんな電話はしていないって……。ごめんなさい。やっぱり……」

「ああ、大丈夫だ。今、詐欺の男を捕まえた」

「あなたが？」

　ミドリが電話口で驚いている様子が目に浮かぶ。

「まあね。でも警官が来てくれたんだ」

　圭史は言った。

「よかった……。ごめんなさい。私、どうかしてたわね」

「いいよ。気にしなくて。年寄りの懐を狙う奴が悪いんだ」

　圭史は、携帯電話を切った。

　男は、警察官に連行された。

「良かったですね」

水上が安堵した顔で圭史に言った。

「警察官を呼んでいただいてありがとうございます」

圭史は低頭した。

「田中さんの話から、間違いなく詐欺だと確信したものですから。先輩のお役に立てて良かったです」

水上が笑顔で言った。みずなみ銀行のOBであることを承知してくれていたのだ。

「世の中、何があるかわかりませんね」

圭史は言いながら新田親子のことを水上に話すべきか迷った。

新田は、トラブルの解決は息子の和久に任せると言っていたが、マスコミに告発するべきだとけしかけた責任を感じているのだ。水上に迷惑がかかるのではないかと危惧した。

「世の中、油断したら駄目ですね」

水上は真剣な顔つきで言った。

新田親子のことは話さないでおくことにした。何も起きないかもしれないからだ。

しかし、水上の真面目そうな顔を見ていると、油断しないで欲しいとだけでも言いたいと思った。

「そうですね」

圭史はそれだけを口にした。

てしまう。油断は禁物である。順調だと思っていた暮らしでも、ちょっとした悪意で人生が暗転し

圭史は、自宅で不安そうにしているはずのミドリのことを思った。

圭史は、人に悪意があることを知っている。社会経験が豊富になればなるほど、そう思うようになる。善意も世の中には、溢れているが、反対に悪意も豊富なのだ。それに犯されたり、倒されたりしないように、よしんば悪意に攻撃されても耐え抜くことで、圭史は無事に生きてきた。無事是《これ》名馬というが、何もG1で優勝するのが名馬ではない。無事に、終わりまで走り抜けるのが名馬なのだ。この先、何があるかは分からないが、悪意に足をすくわれないようにしなければならない。

圭史と反対に、社会人としての経験が少ないミドリは自分に悪意が襲ってくるなどとは想像もしてなかっただろう。

それが今回は悪意が身近まで来てしまった。今頃、恐ろしさに体を震わせているに違いない。

圭史は、足を速めた。急いで帰宅して、ミドリを抱きしめてやろうと思ったのだ。

圭太郎への出資は再考しよう。親が子どもを頼らずに生きて行こうとしているのに子どもが親を頼るのはおかしいではないか。頼るべきではない。それぞれが自立して、終わりの時まで、一生懸命に生きるべきなのだ。

「石川や、浜の真砂《まさご》は尽きるとも、世に不安の種は尽きまじ……。盗人の種だったかな？」

圭史は、独り言ちた。

第十章　人生の終わりに覚悟を

1

圭太郎が神妙な顔で圭史とミドリの前に座っている。

「……というわけだ」

圭史は、ミドリがオレオレ詐欺に騙されそうになったことを説明した。

「そんなことが……」圭太郎は険しい表情になり、「申し訳ありません」と頭を下げた。

「圭太郎が悪いわけじゃない。詐欺師が悪いんだ」

「僕の声に似ていたの？　母さん」

「そっくりだったのよ。それでこちらから話を持ち出すと、出資話になってね。すっかり相手に調子を合わされて、騙されちゃった」

ミドリは苦笑したが、まだ動悸が収まらないようだ。

「僕がもっと頻繁にここに足を運んでいたらよかったんだね。そうすれば声を聞き間違えることもなかったんだ」

圭太郎は肩を落とした。

「相手が、母さんの話に合わせる話術に長《た》けていたんだよ。母さんの頭の中は、お前の会社への出資のことで一杯だったことが原因だ」

「悪かった。頼みごとをする時にしか会いに来なかったことを反省します」

圭太郎は頭を下げた。

「そこでだ」圭史は、姿勢を正して圭太郎を見つめた。「我が家もいろいろと楽ではない。勿論、苦しくてしかたがないというわけではないが……。私も会社を辞めているし、老後を考えると不安は大きい。母さんにお金のことは任せきりにしていたが、昨今の景気動向の不安定化で……」

圭太郎は、圭史の話を神妙に聞いていたが、わずかに首を傾げた。

「出資金を出しにくいってことなのかなぁ」

圭太郎の顔が曇った。

「私が悪いのよ。みずなみ信託銀行を信用したばかりに投資信託に損失がでたのよ。それでね……」

ミドリが言った。

「まあ、そういうことだな。老後にどれだけお金が必要かはどういう施設に入居するか、病気になるのか、などなど不確定な要素が多くて、単なる杞憂かもしれないが、ミドリと私は、お前たちの世話になろうとは思っていない。そんな迷惑なことは考えていない。だからできるだけ手元のキャッシュは厚くしておきたいんだ。分かってくれるかなぁ」

圭史は、気まずそうに圭太郎の顔を見た。

圭史はネットで老後の生活資金についての記事などを調べた。そこに安心させる内容を見つけることはできなかった。

ミドリから金融資産は3600万円、自宅の不動産価値が3000万円、合計6600万円と聞いた時には、そんなにあるのかと驚いたのだが、それは決して安心できる金額ではないらしい。

夫婦ともども65歳から88歳まで生きるとして、今から圭史もミドリも20年以上生きなければならない。

生活費を始末しても夫婦で1カ月当たり25万5550円かかるらしい。ずいぶんと細かいところまで計算しているが、その仮定によると、65歳から88歳までの23年間で7053万1800円必要になる計算だ。

7000万円以上!

圭史はこの数字に驚いた。65歳から無職になり、収入としては厚生年金、国民年金の夫婦合算で月22万４９６円と仮定され、この23年間の合計が６０８５万６８９６円あると仮定されているから、不足は約１０００万円である。その差額が約１０００万円であることに安心はできなかった。

　生活をつつましやかにしたとしても、病気になるかもしれない、88歳よりもっと長生きして、認知症になり、重篤な介護が必要になるかもしれない、さらに言えば、予測できない事故に遭遇するかもしれない。23年後の未来など予測できない。

　政府は年金受給年齢の引き上げに躍起になっている。65歳で受け取るより70歳で受け取る方が有利だと言っているが、あれは年金財政悪化が心配でたまらないのだ。だから受給を70歳にまで遅らせようとする人は多くないと聞いた。

　いろいろとデータを知れば知るほど不安になって来る。長生きは不安や貧困への道なのかもしれない。この国はいったいどうなっているんだ。目いっぱい働かせて、その挙句に昔通り姥捨て山、爺《じじ》捨て山に行けと言うのか。怒りさえ湧いて来る。ああ、長生きは不幸だ……。

　ミドリが、老人ホームに入るにも高額が必要であると不安を口にしていたのは、あながち杞憂ではなく、実感なのだと気づいたのだ。

　しかし、先のことばかり不安になっても仕方がないのだが、いずれにしても圭太郎に５００万円もの支援をしてやる余裕はないとの結論が、腑《ふ》に落ちた。

「……という訳だ。すまないが理解してくれ」

圭史は、少し頭を垂れた。

圭太郎は、やや硬い表情になったが、すぐに笑顔に変わった。

「謝らなくていいよ。僕の方が悪い。お父さんやお母さんに頼ろうとしていたのが間違いだ。出資話はとりさげるから」

「いいのか？」

圭史は、あっさりと圭太郎が要求をひっこめたことにかえって不安になった。

「本当にいいの？　会社は出来るの？」

ミドリも心配そうに聞く。

「ああ、なんとかなる。僕がもっと汗をかいて出資者を募るから。成功して、二人を安心させるからね」

圭太郎は陽気に言った。

「ごめんね。少しくらいなら出資するから」

ミドリが言った。

「いいって。無理しないでいいよ」

圭太郎が笑って言った。

「ねえ、あなた、圭太郎がジェフ・ベゾスみたいになったらどうしよう？」

ミドリが嬉しそうに言った。

ジェフ・ベゾスはアメリカの巨大企業であるアマゾンの創始者で、超がつく大金持ちである。

「そんなのになれっこないよ」

圭太郎が言った。

「なあ、圭太郎。出資は100万円くらいならなんとかする」

「ありがとう。感謝する」

「金持ちになろうとなんか考えるんじゃないぞ。絶対に」

「あなた……、いいんじゃないの？　金持ちになっても」

圭史は、ミドリの発言を無視して続けた。「確かお前は社会貢献のためのIT企業を立ち上げると話していたな」

「そうだよ」

「だったらその目的の達成に全力を尽くすんだ。金儲けを考えちゃいかん」

圭史は強い口調で言った。真剣な様子から圭太郎に圭史の考えが伝わったようだ。圭太郎は、大きく頷いた。

「わかっている」

「私が勤務していた銀行や不動産会社も最初……といっても創業当時だろうけどね。社会に役立ちたいという高邁《こうまい》な理想を掲げていたと思う。しかし時間が経つにつれてそれは色あせ、金儲けだけに堕《だ》することになったというわけだ。それが今日、人々に信頼されなくなった原因だ。会社というものは、最初はいい。しかし時間が経つにつれて、特に成功したりするとなおさらだ。余程のしっかりした理想を掲げておかないと悪くなるぞ。それだけはよろしくな」

圭史は、みずなみ銀行のシステムトラブルや表にはなっていないがみずなみ不動産の福島らによる不正のことを思い浮かべた。

「ありがとう。父さん」圭太郎は穏やかに言い、「もしよければ父さん、無理のない範囲で会社に関係してくれないかな。顧問でもなんでもいいから。給料は当面だせないけど」と言った。

「あなた……いいんじゃないの？　どうせ暇なのだし」

ミドリが言った。

「暇とはなんだ」と圭史は、怒ったような顔をしたが、満更《まんざら》でもない気持ちだった。前回、同じことを頼まれた時より、その気になっているのは、出資を少なくした申し訳なさも影響しているのだろうか。偉そうに社会貢献の理想を失うな、などという自分らしくもない説教をしたせいだろうか。「顧問にしてもらおうか。勿論、給料はいらない。なにか私のような退職老人の知恵が役立つ時は利用してくれ」

「ありがとう。頼んだよ。父さんのことを頼りにしたり、こんなに近づくことになったり、なんだか子どもの時に戻ったみたいだね。会社を作って親に心配かけるのも悪くないな」

圭太郎が快活に言った。

言われてみて、圭史は何かに気づいた。「そうだな、お前と向き合うことなんてなかったな。子どもの頃は忙しくてまともに運動会さえ行かなかった。いつの間にか大きくなっていた。高校生くらいになると反抗的で口もきかない。大学生の時は、家を出て、東北の大学に行ってしまった。親と子、特に男親なんていうのは、子育てに全く役に立っていない」

「私は、あなたみたいに子育てに無関心ではいられませんからね」

ミドリが口を尖《とが》らせた。

「まあ、これからは頻繁に会いに来るよ。会社の様子を伝えるためにね。出資のことはあまり気にしないでいいさ。資金は、僕がなんとかするから」圭太郎は言い、立ち上がった。

「じゃあ、これで帰るから。いつまでも元気でね」

「なんだ、その言い方は。まるで死んでしまうみたいじゃないか」

圭史が苦笑した。

「顧問就任の書類、送るから」

圭太郎は言った途端、何かに気づいたように、「父さん、母さん、老後は僕がなんとかするから。そんなに不安にならなくてもいいよ」と言った。

「そんな余計なことは心配しなくていい。会社を立派に立ち上げるんだぞ」

圭史は言った。

「じゃあね」

圭太郎は、微笑みながら帰って行った。

「あの子も大人になったわね」

ミドリが圭太郎を見送って呟いた。

「当たり前だ。もうあいつも36歳だ。十分に立派な大人だ。自分でなんとかするだろう」

圭史は言った。

子どもがいつ大きくなったのか記憶にない。

しかし圭太郎が生まれた時のことだけは、なぜかはっきりと覚えている。圭史は会議中だった。突然、呼び出しがあり、別室で電話を受けた。病院にいた義母からだった。男の子が生まれたと喜びの声が飛び込んできた。今すぐにでも病院に飛んで行きたかったが、それは無理だった。

ミドリも子どもも元気ですか？　ええ、元気ですよ。それは良かった。圭史さん、おめでとう。

義母との電話を終えると、圭史は何事もなかったかのように会議室に戻り、議論に参加した。

病院に行き、圭太郎の顔を見たのは、夜遅くだった。当時は、それが普通だった。現在の様に出産に夫が立ち会うなどと言うことは考えられなかった。

親が無くとも子は育つと言う。確かに最近頻度を増す児童虐待事件のことを思うと、親が無い方が子どものために良いのではないかとも思う。

しかし圭史は、子育てに無関心だったわけではない。子育ては母親の役割であり、父親は外で働き、それを支援するという役割分担を認識していた。

この役割分担を圭史は疑ったことはなかったが、これはいつごろから始まったものだろうか。

動物を見ていると、子育ては完全にメスに任せ、オスはまた別のメスを求めて彷徨《さまよ》うものもいれば、オスメス共同で子育てするものや、中には卵をオスが抱くものもいる。

それぞれの種《しゅ》にとって子孫を残すという目的に最も相応《ふさわ》しい役割分担が長い経験の中で構築されてきたのだろう。

圭史は、圭太郎のいなくなった玄関を見つめ、子育てという自分の役割分担が終わったのだと強く感じた。たとえ圭太郎の会社に顧問として関係しようと、それは子育ての延長ではない。仕事である。

「新田は？」

ふいに息子の和久のトラブルに巻き込まれた新田の顔が浮かんだ。

「あなた、何か言った？」

ミドリが怪訝そうな顔で聞いた。

「何でもない」

圭史は答えた。

新田も和久のことは割り切ったようなことを話していたが、圭史と同じ心境に達したのだろうか。子どもから何かと頼られることでいつまでも子育てが終わらないのは、親の甘えなのではないか。親が子どもに頼ろうと思う甘えの気持ちがそうさせるのだ。新田も、子どもへの甘えを断ち切ったのだろう。

動物は、親の面倒などみない。親は、子育てが終わると静かに死んでいくだけだ。そこにはお互いの甘えなどない。厳しい自然の法則が貫かれている。それでいいのだろう。

「これで良い」

圭史はうなずいた。

2

リビングに置いた携帯電話が鳴っている。なんとなく嫌な予感がする。着信を見た。予感は当たった。福島からだ。例のローン不正の件だろうか。ロクでもないことに首を突っ込んだお陰で、いつまでも引きずられてしまう。

「はい、田中です」

〈田中さん、大変なことになりました〉

福島の動揺した声が耳に飛び込んできた。

「落ち着いて話してください」

〈中村社長が辞任することになったのです〉

中村が辞任？

「どうして？」

〈わかりません。例のローン不正の責任を取らされたのかもしれません〉

福島の声が沈んでいる。

「不正が公になったのですか？　中村の態度は曖昧でしたが」

〈ええ、田中さんがお帰りになった後も、特に動きが無くて……。私はどうなるのかとや

きもきしていたのですが、中村社長からは余計なことをするなと叱責されましたし……〉

福島は弱々しく言った。

余計なことをするなとは、なんという言い草だ。勇気を振り絞って内部告発に及んだ福島に対する言葉とは信じられない。

「福島さんには悪いことをしましたね」

圭史は、自分の行動で福島の立場を悪化させてしまったのではないかと悔やんだ。

〈いえ、そんなことは気にしないでください。私が悪いんですから〉

「中村が辞任した理由はローン不正じゃないかというと、新田さんがやはり告発したのですか」

新田は、先日、この件から手を引くと話していた。息子の和久に任せると、心の負担が無くなったような印象を受けたのだが……。和久が告発したのだろうか。

〈突然の辞任なので私にもはっきりしたことは分からないのですが、新田さんの告発ではないと思われます。みずなみ銀行に急遽《きゅうきょ》金融庁の検査が入ったのです〉

金融庁の検査が入った？　やはり誰かがローン不正を告発したのだろうか。

「ローン不正の検査ですか？」

〈そうではないんです。みずなみ銀行でシステムトラブルが頻発して、利用者が苦情を申し立てていましたでしょう？　金融担当大臣まで、銀行システムは国民の財産のようなものだ、ちゃんと運営する責任を果たしてもらいたいとコメントしていましたでしょう？

それで急遽、検査に入ったわけです〉

「どうしてそれと中村の辞任がつながるのですか？　あれはシステムの問題でしょう？」

福島は、徐々に落ち着きを取り戻し、話しぶりも饒舌になったが、中村が辞任した理由は、今一つはっきりしない。

〈実は、システムトラブルと同時に幾つかの支店にも金融庁の検査が入りましてね、ローンの件を調査することになったのです〉

ようやく辞任理由が見えてきた。

「システムトラブルの検査と同時に銀行の業務全般の検査をすることになったのですね」

〈そうだと思いますが、それは私のせいなのだと思います〉

福島が神妙な声で言った。また事態が見えなくなった。福島のせいだとはどういうことか？

「よくわかりません。福島さん、いったいどうしたと言うんですか」

圭史は、福島の回りくどさについに切れてしまいそうになった。言葉が強くなった。

〈すみません。すみません。ちょっと動揺してしまって……。これを話すべきか、どうかって迷ったのですが……。私が金融庁にローン不正の件を話したのです〉

福島は声を潜めた。圭史は、一瞬、耳を疑った。福島の言っている言葉が、耳に届いたが、それを脳が受け取るのを拒否しているようだ。理解できない。

圭史は、何も反応できず無言になった。

〈新田さんがどうなさったかはもう関係がありません。私、腹が立って、腹が立って……。田中さんが怒って、席を立たれたのも当然だと思ったのです。ローンの不正を正して、会社の経営を健全にしなくてはならないのに、旧四和だ、旧五菱だとか言っている中村社長は社長の資格がないと思いました。それで私が金融庁に出向いて不正のことも、中村社長の態度も説明……、告発したんです。そういうことです〉

「福島さんが直接金融庁に出向いたのですか」

圭史は驚きのあまり、聞き返さざるを得なかった。

〈金融庁のホームページに内部告発のコーナーがあるんですよ。ご存じでしたか？〉

「いいえ、知りません」

〈いろいろと銀行に文句のある人が投稿するんでしょうね。その中から事件になりそうなものを金融庁が本格的に検査、摘発するんです。私、そこに詳しく投稿したんです〉

何事にも慎重、臆病なほどだった福島には考えられない行動だ。

「それで？」

〈そうしましたら金融庁の人から極秘で会いたいと連絡がありまして……〉

福島の声はさらに小さく、密《ひそ》やかになった。

「会ったのですね？」

圭史の動悸が高まった。

〈会いました。そして資料などを渡して、詳しく説明しました。勿論、中村社長に不正を正す考えがないことも伝えました〉

福島の話に圭史は、大きく息を吐いた。その大胆さに驚愕したのだ。落ち着かねば、この後の話を聞くことが出来ない。

「よく決断しましたね」

〈田中さんのお陰です。私、今まで何をやって来たんだろうと自分の人生が空しくなったのです。銀行員になった頃は、世の中の人に役立つ仕事をしたいと思っていました。ところがいつの間にか仕事のための仕事といいますか、生活のため？　いや、違いますね。単なる惰性で仕事をしていたんです。惰性だから客のことなんかこれっぽっちも考えていない。その日、その日が暮れればいい。そんな具合です。しかし、今回、田中さんが中村社長を叱り飛ばしたでしょう？〉

「叱り飛ばしただなんて……」

〈いえいえ、凄いなと思ったのです。この問題を派閥争いの次元でしか捉えられない中村社長を見ていて、自分と同じだなと思ったのです。田中さんは輝いていましたが、私はくすみ、薄汚い〉福島が泣き声になった。〈とても恥ずかしい。このままでは今までの人生がなんだったのかと思わざるをえなくなる。これからの人生をまともに生きられない。この先も臆病な人間として生きていくつもりかと思ったら、自分の手で、問題にケリをつけようと……〉

「それで金融庁に……。福島さん、私、あなたを見直しました。一度、ゆっくり飲みましょう」

圭史は、心から福島の行動を讃《たた》えたくなった。

〈ありがとうございます。落ち着きましたら、また連絡します。ねえ、田中さん？〉

「なんでしょうか？」

〈私、間違ってなんかいませんね〉

「はい。間違っていません」

圭史の言葉に福島が泣いている。

〈ありがとうございます。私の告発のせいで中村社長が突然、社長の座を下ろされたのだと思います。これから私たちにも金融庁か銀行の調査が入るでしょう。私も処分されるに違いありません〉

「そんなこと……」

圭史は否定したが、福島が処分されるのは間違いないだろう。福島が告発した勇気と、彼が行った不正とは別である。彼だけを処分しないという選択肢はあり得ない。

〈でもいいんです。これでクビになっても私は、自分を誇らしく思います。少なくとも人生への誇りを失わないでこれから先も歩むことが出来ます。子どもにも孫にも、後悔しない、正しい人生を生きるんだよって説教を垂れることが出来ますからね。まあ、聞いちゃいないでしょうが、ははは……〉

福島は電話口で笑った。

「そうですね。長く勤めてきたのは、生活費のためではないですからね。誇りを失ったら、終わりでしょうから」

〈パーパス経営なんて経営者が言っていますが、従業員からパーパス、志を奪っておいて何がパーパス経営ですかね。ちゃんちゃらおかしい。田中さん、ありがとうございました〉

「お礼なんて……」

〈お陰で、残りの人生をお天道様《てんとうさま》の下を歩くことが出来ます。では、また何か変化がありましたら、電話します。ごきげんよう〉

「あっ」圭史は聞き忘れたことを口に出そうと思ったが、間に合わなかった。それは「会社を辞めるのか」と問うことだった。しかし、福島の声は携帯電話から消えてしまった。

福島は、この後、どうするのだろうか。会社に残り続けるのだろうか。

圭史は携帯電話をテーブルに置いた。

この事態をどのように考えたらいいのだろう。物事は、収まるところに収まると考えるべきか、それともすべてはカタストロフィに向かうと考えるべきなのか。

福島は、これで人生への誇りを失わないで済むと話していた。

平凡に生きてきた圭史や福島。政治家や軍人らのように歴史に名前を刻むこともない者たち。

書物に書かれ、残されているのはリーダーたちの記録である。しかしその陰で圭史や福島のような名もない人々の人生がある。彼らから歴史を見れば、リーダーたちとは全く違う世界がある。表にならない歴史を貫くのは、人生への誇りなのだ。仕事、家庭、子育てなどなど。リーダーにとっては取るに足らない事柄かもしれないが、それらを果たし終え、それらに自信が持てるか、満足できるかが、名もなき人々の最大の誇りなのだ。

――福島はさておき、中村はこれからどうするのだろうか？

圭史は、中村の猜疑心《さいぎしん》に満ちた顔を思い浮かべた。

出世欲に駆られていた中村は、今回の辞任、実質は引責辞任だろうが、そのことに憤怒などの負の感情を滾《たぎ》らせるのだろうか。できればそうあって欲しくない。

――残りの人生をどのように歩むかは、中村自身の選択に任されているんだ。

人間性は表に現れた、その人物の言動、態度など、目に見え、こちらが認識したものでしか判断できない。

しかし、それら表に現れたものが、本当にその人の本質なのかどうなのかは分からないという矛盾が絶えず付きまとう。

表面に現れたもので相手を判断するしかないのだが、時に、それが相手の本質だと思い、時にそうではないと思うのも、その矛盾に絶えず付きまとわれているからだ。

独裁的で強圧的な人物に反発し、彼を憎んでいた人が、優しい言葉をかけられた瞬間に、彼に心酔してしまうことがある。

彼の本質は、いったいどちらなのだろうか。独裁的で強圧的なのか。それとも優しさに溢れた人情家なのか。

その点からすると中村は最低の人間である。人を利用し、自分の利益しか考えていない。

しかし、これからの中村の言動次第では彼の人間性も違う評価になるかもしれない。

突然の引責辞任を自分の責任ではないと受け止めず、事態に真摯《しんし》に向き合えば、別の本質が表に現れるかもしれない。

おそらく中村も組織人としての厚い皮をかぶって生きてきたのだろう。それがはがされれば、案外と魅力的な人物かもしれない。それに期待しよう。

「あっ、そうだ。新田に連絡してやろうか」

圭史は、携帯電話を摑んだ。しかし、思い直し、再び、それをテーブルに置きなおした。

「余計なことをしなくても、物事は進んでいく」

3

圭史は、仲間との早朝のランニングに参加していた。いつもの通り妙子を先頭に数人が参加している。

鬱病に悩んでいる進介は、今日は一人で走っている。妻の恵子の助けは不要になったのだろう。

以前は、スエットの上下で走っていた。その上着には首から背中にかけて滲み出た汗が地図を作っていた。それは彼を蝕《むしば》んでいる毒素が無理やり押し出されてきたようで、嫌な臭いを放っている気がしたものだ。

その地図のような汗染みは、やがて悪魔の顔に形が変わっていき、こんなランニング程度では、俺はこいつの体や精神から出て行くことはないぞ、と悪態をついているようにも見えた。

しかし今日は違う。赤を基調とし、ブルーとイエローが鮮やかに模様を描く、かなり派手なウエアを着用している。パンツは黒で引き締まっている。見た目だけなら他の仲間たちに混じっても優秀なランナーのようだ。走りも、以前の重りを引きずっているような印象はない。真っ白に赤のラインが入ったブランド物のシューズが軽快にリズムを刻んでいる。

変わったな、すごく。それが数日振りに見る進介の印象だ。ランニングが彼を変えたのだろうか。

「小柳さん、変わりましたね」

圭史は、隣で走る美里に言った。

「そうですね。奥さんと一緒に、ここ数日、随分、努力なさったみたいです」

美里が言った。

「ランニングにはまったんですかね」

「そうだと思います。初参加の後、ちゃんと走りたいっておっしゃったらしいです。元々、運動はお好きだったみたいで……」

「よかったですね」

圭史は進介の後姿を見た。軽快に背中が揺れている。悪魔の顔に見えた汗染みはない。

「奥さんから、妙子さんにお礼の電話があったみたいですよ」

「そりゃ、よかった。妙子さんも嬉しいでしょうね」

妙子も夫の病で悩んでいた。病の種類は違うが、同じ境遇の女性である恵子から、感謝を伝えられれば、勇気づけられることだろう。圭史は、自分が、恵子の喜びにほんの少しでも関わることができたことに喜びを覚えた。

「こうやっておしゃべりをしながらゆっくり走るのがいいんでしょうね」

美里が言った。

「そうでしょうね。競走しないのがいいですね。世の中、競争ばかりで疲れますから」

進介も競争社会のストレスに耐えかねて精神を病んでしまったのだろう。そこから一歩外に踏み出せば、今までとは全く違う景色が見える。

現役で仕事をしている時には、見えなかった世界だ。人と人とは、お互い緩やかに繋がっている。時間はゆっくりと流れ、決して後ろから急がされることもない。

進介は、今、その世界に身を置き、自分の足でゆっくりと走っている。それほど遠くない時期に仕事に復帰するだろうが、時間がゆっくりと流れる世界が別にあることを知り、体験しただけでも精神のバランスを維持できるようになるだろう。

「田中さんも東京巡りマラソンにエントリーされたんでしょう？」

「ええ、皆さんがするから、私も」

9月に実施される東京巡りマラソンにエントリーするよう、妙子に勧められた。

「目標がある方が練習の励みにはなりますからね。一緒に走りましょう」

美里が笑みを浮かべた。

「ガチのマラソンじゃなくて緩やかだから完走できますよ、って言われたのですが、大丈夫でしょうか？」

圭史は不安げに言った。

「大丈夫です。完走できます。楽しいですよ。東京タワー、スカイツリー、浅草寺、増上寺、銀座、原宿……。東京って見どころがいっぱいですから。もし疲れて走れなくなったら、私が負ぶってあげますよ」

美里が右手を曲げ、力こぶを作った。

「いやぁ、うれしいな。美里さんに負ぶってもらえるなら、途中でわざとダウンしようかな」

圭史は笑って言った。

「それは駄目ですよ」

美里が笑顔で、睨む。

「おーい！」

背後から声が聞こえた。振り向くと、やはり新田だ。新田は遅刻の常習犯である。

「やっと追いついた」

新田が息を切らせている。

「遅刻、ですよ」

美里が言う。顔は笑っている。

「すみません、すみません」

新田が大げさに謝る。

「ねえ、田中さん、ちょっといいですか」

新田が、圭史を見た。美里は、先を走り、圭史と新田が並走する形となっていた。

新田の真剣な視線を感じて、圭史はわずかに緊張した。

「はい、なんでしょうか？」

「昨日、浜田山東支店の水上課長と城山さんが息子のところに来られたんです」

「えっ、本当ですか？」

和久は、水上や城山からローン期間の延長などの要請をけんもほろろに拒否されていたのである。

「ええ、驚きましたよ。和久から連絡を受けて、私もその場に同席したのです」

走りながらなので新田の息が荒い。

「それで用件は？」

圭史は走りとは別の意味で息が荒くなった。水上と城山が和久を訪問したのは、金融庁の検査に理由があるに違いない。

「それがね」新田の顔がほころんだ。「平謝りだったんです。私たちが悪かったとね」

「謝ったのですか？」

「ええ、それは、それは平謝りで」

新田は、両手を宙で曲げ、謝る恰好を真似た。

「それはすごい。新田さんの勝利ですね」

圭史は微笑んだ。

「それがね」新田は首を傾げた。「豹変の理由がよくわからないんですよ。彼らが言うには、息子はローン適格要件が満たされなかったにもかかわらず、銀行のミスでローンを提供してしまった。だからローン返済条件を見直ししますって言うんですよ。そんなこと最初から話していたでしょうと、ちょっと文句を言ったんです。だってもともとローンの融資条件に適合しなかったのに無理やりローンを組んだのは、そっちでしょう！　と言ってやりました……」

「それで？」

「二人は、その通りです。すみません、すみませんって、頭を下げて。手続きをいたしますのでって、ローンの条件変更に関する書類を置いて逃げるように帰っていきました。和久と何かあったんだねと言いましてね。和久と同じような被害を受けた人が、きっとマスコミか金融庁に駆け込んだに違いないって話したんです。田中さんは何か聞いておられますか？」

新田は上目遣いに、探るような目で圭史を見つめた。

圭史は迷った。福島からの情報を話すべきなのか……。

「何か、聞いておられるんでしょう？」

新田は疑いを抱いている様子だ。

「銀行はちゃんと説明するべきですよね。謝ったら済むっていう話じゃない」

圭史は話題をずらす。

「その通りですよ。君子は豹変するって言いますが、銀行は豹変するの方が実感に合いますね」

「上手いこと言いますね」

「田中さん、知っていることを話してくださいよ。実は、和久はもう諦めていたんです。マスコミに言っても、騒ぎになるかもしれないけれどローン条件を変えてもらえる保証はない。かえって銀行を頑なにしてしまう。悪い結果を招くんじゃないかってね。冷静になるとそうですね。復讐しても自分のためにはならない。人を呪わば穴二つって言うじゃないですか。墓穴を掘るだけだって気づいたんです。悔しいけど、これを教訓にするってね。我が息子ながら偉い奴です。人生って面白いですね。こうやって執着から離れると、途端に違う世界が開けると言いますか、運が舞い込んでくる……。そういうことってありますよね」

「ええ、ライバル企業に勝ちたい、勝ちたいと思っている時は、焦るばかりでロクな営業もできませんが、負けてもいいやと思って相手にぶつかると、商談がまとまったりしましたね」

圭史は言った。

「そうです、そうです。執着から離れるといいんですよ。執着すると、心の自由が失われ、視野が狭くなり、心はいつも不安定になりますね。怒りや憤りも執着です。私も和久に言ったのです。まだ若いからやり直せばいいじゃないか。すべての営みには『時』があるってね」

「新田さんの『時』ですね」

「ははは、その通りです」

新田の笑いを見て、圭史は福島から聞いた情報を話す気になった。

「実は、みずなみ銀行に金融庁の調査が入ったらしいのです」

「やっぱりね」

新田がしたり顔になった。

「例のシステムトラブルの調査のようですが、住宅ローン不正の問題も調べるようです。それと関連があるかどうかはわかりませんが、みずなみ不動産の社長が辞任したと聞きました」

「ほほう、そうですか。悪事千里を走るですね。悪いことは、いつまでも隠せるものじゃない。それで浜田山東支店が大慌てで和久のところに謝罪に来たと言うことですね。でも彼らは不正を謝ったのではなく、まるで事務的なミスだったかのような振る舞いで、それを正常化するんだって……。ちょっと正直さに欠けます」

新田は苦笑した。

「でも、なにはともあれ、よかったじゃないですか」

「はい、和久にもローンを借りるだけの力がないのに借りようとしたところがトラブルの元ですから。反省するように言っておきました」新田はすっきりした顔で、「さあ、ちょっとスピードを上げますかね。東京巡りマラソン完走のために練習の密度を上げないといけません」と腕を大きく振った。

「私も完走しますよ」

圭史も腕を振った。

「まあ、まあ、田中さん、勝ち負けに執着しないで、楽しく走りましょう」

新田が軽やかに笑った。笑顔が、圭史の足まで軽くする気になる。「さあ、行きましょう」

圭史は、美里たちとの距離を縮めるべく、スピードを上げた。

4

東京巡りマラソンの日が近づいてきた。42・195キロを走るのだが、東京マラソンのように沿道に多くの観客が応援のために集まったり、選手に水などを提供するエイドステーションが設置されたりするわけではない。参加者が走るのも歩道である。信号を守り、歩行者の邪魔にならないように走る。東京マラソンの様に道路を封鎖するわけではない。

しかし約5000人が参加する大イベントだ。皆がピンク色の同じウエアを着用する。コースのあちこちに係員が立っている。不正監視ではなく、あくまで道案内である。親しい仲間同士で走り、途中でスィーツ好きは有名スィーツ店に立ち寄る者もいる。酒だけは厳禁だが、それ以外は思い思いにランニングを楽しむというイベントである。完走率100%を目指すと言うのももっともである。

「先日、受けた人間ドックの結果がもどってきたみたい」

ミドリが大ぶりの封筒を持ってリビングに入ってきた。

年一回は人間ドックで健康チェックを行っている。今までは全く異常がなかった。今回は、マラソン大会に出ることもあり、いつもより検査項目を増やし、頸動脈や前立腺なども調べてもらった。

圭史は、コーヒーを飲み、雑誌を読んでいた。記事は、米中摩擦など、世界が不安定化し、物価が日本ばかりでなく世界で上昇し、景気が減速すると書いてある。

圭史は、いい加減なものだと記事に半畳を入れたくなっていた。この間までデフレ克服ができないと悩み、2％のインフレ目標が達成できないという声ばかりだったからだ。アメリカのFRB元議長であるポール・A・ボルカーが回顧録で、ほんの少しのインフレを目指してイージー・マネー状態を作り出せば、皮肉なことに本物のインフレを招いてしまうと言っていたのを思い出した。

人間は、いつでも傲慢である。自分たちが使うマネーだからコントロールできると思っているのだ。ところが一旦、自分たちの手を離れた瞬間、マネーはまるで意思があるかのように勝手に動き出す。私たちにマネーはコントロールできないのかもしれない。それはマネーだけではない。運命もだ。

「見せてくれ。最近、マラソン大会に向けて、運動しているから大丈夫だと思うけどね」

「そういう傲慢さが駄目なのよ」

ミドリが、封筒を渡す。

圭史は、ハサミで封を切った。検査結果を取り出す。色々なデータが並んでいる。毎年のことだが、緊張する一瞬だ。

圭史の両親は、それぞれがんが死因である。父が肺がん、母は大腸がん。がんが遺伝するのかどうかは知らないが、がんの家系であることは間違いないだろう。だから人間ドックの結果を見るのは、不安が先に立つ。

何事もない数字が並んでいる。これなら安心であると思っていた矢先、「ん？」と視線が止まった。

便潜血陽性……。

「あなたどうしたの？」

ミドリが声をかけてきた。圭史の後姿に異様な力が入っているのを見て、何事かと思ったのだろうか。

「……うん」

圭史の言葉が詰まっている。

「なにか異状があったの？」

「う……ん」

「はっきりしないわね」

ミドリがテーブルの上に広げられた検査結果を覗き込んだ。

「これだよ」

圭史は便潜血陽性の項目を指さした。検査結果の摘要欄には、「精密検査を受けてください」と記入してある。

「あら、あら、便に血がまじっていたのね」

ミドリが眉を顰めた。

「どうせ痔だよ。このところ問題がないから忘れていたけど、俺、結構な痔主だから」

苦笑して、圭史が言う。手は、ミドリが持っている検査結果に伸びている。

「なに、のんきなことを言っているの。大腸がんの可能性があるかもしれないのよ」

ミドリが怒った。

「まさか……」

「まさかじゃないわ。あなたの家はがんの家系なんだから……」ミドリは検査結果を握りしめて、「ああ、嫌だ。華子や圭太郎のことが落ち着いたら、今度はあなたががんだなんて」と大げさすぎるほど嘆いた。

「おい、おい、決めつけるなよ。まだがんって決まったわけじゃないんだから」

圭史は、スマートフォンで便潜血を検索し、それをミドリに見せた。「ほら」

「何が、ほらよ。ここに大腸がんって書いてあるじゃない」

「痔かもしれないとも書いてある……」

「あなた弱虫ね。怖いの？　これ見てよ」

ミドリがスマートフォンの画面を見せる。そこには大腸がんの解説が表示されていた。

最近は、何事もスマートフォンで簡単に情報が入手できる。

「大腸がんは、男女とも一番多くて、年間15万人もの患者さんがいるのよ。手術は腹腔鏡手術で、開腹しなくてもいいので入院日数も少なくていい。死亡率は3％程度。早期発見、早期手術をすれば5年生存率は70％以上よ」

ミドリは情報を読み上げた。

「あまり言うなよ。お前だってこの間まで膵臓がんかもしれないって、エンディングノートを書こうとしていたじゃないか。俺と同じように、自分の家もがん家系だって心配していたのは、どこの誰だっけな？」

圭史はからかうように言った。

「私だって心配したわ。だからすぐに精密検査を受けたでしょう？　あなたもそうして」

ミドリの目が真剣だ。

「検査は受けるけど、でもマラソン大会が終わった後にする。せっかくエントリーしたから」

「だめよ。手後れになったらどうするのよ」

「大丈夫だよ。マラソンは今週の日曜日だ。走り終えてから、必ず検査に行くから。今から、ちょっと走って来る」

圭史は逃げるようにランニングウエアに着替えて、外に飛び出した。

今日は、早朝ランが休みだったので、一日のうちで初めて走る。

ランニングを始めてからというもの、走らないと気持ちが悪いと感じるようになった。中毒性があるのかもしれない。ランニングは快楽ホルモンであるドーパミンが出てくるのだろうか。

特に、今回の様に検査結果で、大腸がんを疑うような便潜血陽性が指摘された場合、気分の落ち込みを防ぐためには、ランニングでドーパミンを出すしかない。

大腸がんなのだろうか。

死……。

がんと聞くと死をイメージしてしまう。早期発見、早期治療とはいうものの、特効薬がないというのは事実である。芸能人や政治家などのセレブと言われる人たちが、最高の治療をうけても亡くなる場合がある。圭史のような名もない一般人は最高の医療を受けられる保証はない。そうなると彼らより、より死に近い可能性があるのではないだろうか。

走りながら、周囲の景色を眺めるが、いつもより色あせているようだ。

案外、気弱だな。

圭史は自分のことを情けなく思った。

向こうから女性が走って来る。目を凝らすと、妙子ではないか。

「板垣さん！」

圭史は声を上げた。

女性はサングラスをかけた顔を上げた。はっきりと分からないが、笑みを浮かべたように見える。

「田中さん、熱心ですね」

妙子が圭史の前で立ち止まった。

「ちょっと滅入ることがありましてね」

圭史は言った。

「どうされたのですか？」

「人間ドックの検査でひっかかったのです」

夫ががんで苦しんでいる妙子に話すことかと思ったが、つい、口に出てしまった。

「なにか問題でも？」

「ええ、便潜血が陽性になって精密検査をしろって……」

「そうなのですか。それは心配ですね。検査されたらいいですね。それも出来るだけ早く。夫は咳が長引いていたんです。なかなか治らなくて、しつこいなと思っていたのですが……。検査を勧めても仕事が忙しいって……。それでとうとう痰に血が混じって、初めて検査を受けたら、もうステージ4ですものね」

「そうだったのですか」

圭史はどう答えていいかわからない。

「精密検査を早く受けるべきです」

「ご忠告ありがとうございます」

「ステップですよ」

「ステップ?」

「そう、検査して、何もなければそれでよし。何か問題があれば、次のステップに進めばいいだけです。恐怖も何も関係ないです。受け入れて階段を上るだけ」

妙子が笑みを浮かべた。

「ステップねぇ」

圭史は妙に納得した。深刻に考えることはないと言うことだろう。

「もし検査をする病院をお探しでしたら、紹介しますよ。早く、ミドリさんを安心させてあげてください」

「ありがとうございます。東京巡りマラソンの後にでも、検査します」

「いつでも相談してください」

妙子は、言い残すと再び走り出した。

「ステップねぇ」

圭史は同じ言葉を繰り返した。その時だ。例の赤いリュックを背負った若者が目の前に現れた。

生きる意味は見つかりましたか？

背中を見せたまま圭史に語り掛けた。

圭史は目をこすった。見えるはずがない若者が見えたことに驚いたのだ。しかし目をこすっても若者は消えない。彼は本当に存在しているのだろうか。圭史の不安の投影なのかもしれない。

見つかったとはいえない。

そうですか。

でも私は毎日を着実に生きている。

…………。

何も言わないのか。

はい。それが一番ではないですか。どうか毎日を着実に生きてください。

君はどうだったの？

私は答えを早く求め過ぎました。何になりたいのかもわからないにもかかわらず結論を早く出し過ぎました。そんなに難しく考えず、毎日を着実に過ごせばよかったのですね。

絶望するのが早過ぎた気がします……。

若者が振り返った。表情は見えなかったが、笑っているようにも見えた。

彼は生き急いだのだろう。人生に結論などない。それにもかかわらずそれを求めようと焦ったのだろう。答えを見つけることができない自分に怒りを覚えて、自分を壊してしまった。

圭史は、今までの人生を振り返った。若者に自慢できそうな人生ではない。人生の答えを見つけようと焦ったり、足掻《あが》いたり……。裏切ったり、裏切られたり……。しかしその度に思い直して、一歩を踏み出してきた。前進しているのか、していないかわからないが、とにかく一歩を踏み出した。すると、見える景色が変わって、そのまま進む気力が蘇ってきた。そうやって六十数年が過ぎた。何かを成し遂げたという自慢もうぬぼれもない。何も成し遂げてはいない。しかしとにかく歩き続けた。それでいいのだと思うしかないではないか。

がんの疑いがあっても、それを受け入れるしかない。嘆いても焦っても何も変わらない。絶望なんてする必要はない。その「時」が来るまで歩くしかない。前に進んでいようが後退していようが、ぐるぐる回っていようが、そんなことは大した問題ではないのだ。

圭史は、目の前から消えた若者に「ありがとう」と言った。若者が背負った赤いリュックは、彼にとり憑《つ》いた絶望だったのだろうか。幸いにも圭史の背中には、それはない。

——中村をランニングに誘ってやろうか。

圭史は、中村のことを思った。今頃、彼はどんな思いでいるだろうか。絶望の赤いリュックを背負っているかもしれない。それを下ろすには気の置けない仲間と一緒にワイワイとおしゃべりしながら走るのが一番ではないだろうか。

「その『時』がくれば声をかけよう。さあ、走るぞ。ゆっくり、ゆっくり……」

圭史は、自分に言い聞かせ、腕を振り、地面を蹴った。

この作品はフィクションであり、特定の個人、団体等とはいっさい関係がありません。

光文社文庫

文庫書下ろし

凡《ぼん》人《じん》田《た》中《なか》圭《けい》史《し》の大《だい》災《さい》難《なん》

著　者　江《え》　上《がみ》　剛《ごう》

2023年4月20日　初版1刷発行

発行者　三　宅　貴　久
印　刷　堀　内　印　刷
製　本　榎　本　製　本

発行所　株式会社　光　文　社
〒112-8011　東京都文京区音羽1-16-6
電話（03）5395-8149　編　集　部
8116　書籍販売部
8125　業　務　部

ISBN978-4-334-79518-4　Printed in Japan

組版　萩原印刷